APRENDE A DIBUJAR

Harry Potter

EL LIBRO OFICIAL

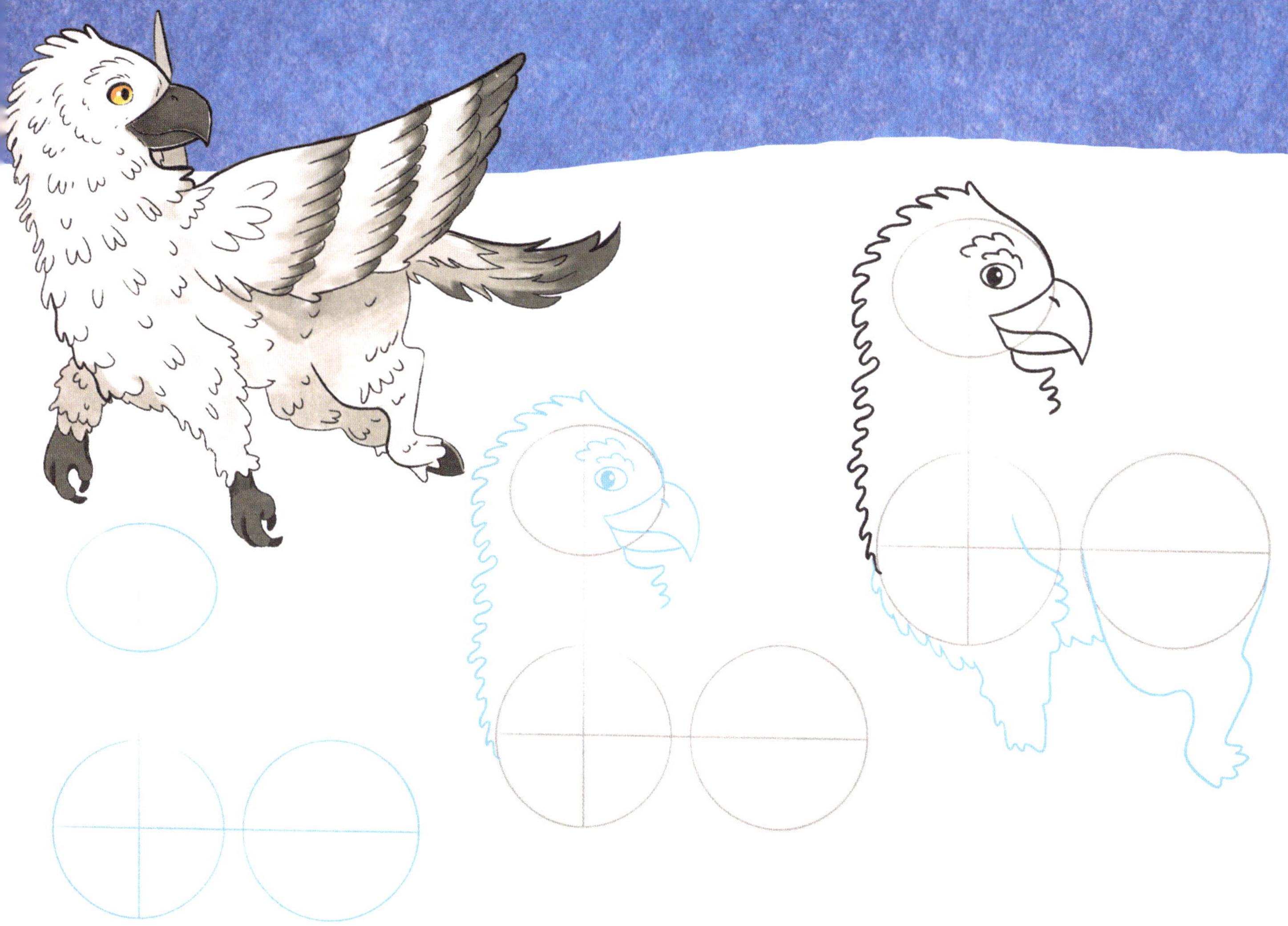

Título original: *Harry Potter How to Draw*
Primera edición: julio de 2024

© 2024, Warner Bros. Entertainment Inc.
WIZARDING WORLD characters, names, and related indicia are
© & ™ Warner Bros. Entertainment Inc.
WB SHIELD: © & ™ WBEI. Publishing Rights © JKR. (s24)
Texto de Isa Gouache
Ilustraciones de Violet Tobacco
Diseño de Salena Mahina y Elliane Mellet
© 2024, Penguin Random House Grupo Editorial, S.A.U.
Travessera de Gràcia, 47-49. 08021 Barcelona
© 2024, Alícia Astorza Ligero, por la traducción

Penguin Random House Grupo Editorial apoya la protección del *copyright*.
El *copyright* estimula la creatividad, defiende la diversidad en el ámbito de las ideas y el conocimiento,
promueve la libre expresión y favorece una cultura viva. Gracias por comprar una edición autorizada
de este libro y por respetar las leyes del *copyright* al no reproducir, escanear ni distribuir ninguna
parte de esta obra por ningún medio sin permiso. Al hacerlo está respaldando a los autores
y permitiendo que PRHGE continúe publicando libros para todos los lectores.
Diríjase a CEDRO (Centro Español de Derechos Reprográficos, http://www.cedro.org)
si necesita fotocopiar o escanear algún fragmento de esta obra.

Printed in China

ISBN: 978-84-19275-90-5
Depósito legal: B-21.451-2023

SI75905

ÍNDICE

PRINCIPIANTE

LAS GAFAS DE HARRY 8
ESCOBA 9
LA VARITA DE HARRY 11
LA SNITCH DORADA 13
EL SOMBRERO SELECCIONADOR 15

LA ESPADA DE GRYFFINDOR 18
LAS ESPECTROGAFAS DE LUNA 20
GIRATIEMPO 23
CAJA DE RANA DE CHOCOLATE 26

INTERMEDIO

ARAGOG 28
CROOKSHANKS 31
HEDWIG 34
HIPOGRIFO 38
THESTRAL 41
DOBBY 44

VOCIFERADOR 47
EL MONSTRUOSO LIBRO DE LOS MONSTRUOS ... 50
EL ESCUDO DE GRYFFINDOR 54
EL ESCUDO DE SLYTHERIN 58
EL ESCUDO DE RAVENCLAW 60
EL ESCUDO DE HUFFLEPUFF 62

AVANZADO

HARRY POTTER 65
RON WEASLEY 68
HERMIONE GRANGER 71
DRACO MALFOY 74
LUNA LOVEGOOD 77

ALBUS DUMBLEDORE 80
EL EXPRESO DE HOGWARTS 83
EL ESCUDO DE HOGWARTS 86
EL CASTILLO DE HOGWARTS 89
EL AUTOBÚS NOCTÁMBULO 93

¡BIENVENIDOS AL MUNDO MÁGICO DEL DIBUJO!

¿Quieres aprender todo lo que necesitarás saber para dibujar a Harry Potter, sus amigos, las criaturas y los objetos que aparecen en las películas del mundo mágico? En este libro lo aprenderás paso a paso y dibujo a dibujo. Así pues, prepara todos los materiales para dibujar... ¡y diviértete!

LO QUE NECESITARÁS:

- Un lápiz
- Una goma de borrar
- Papel

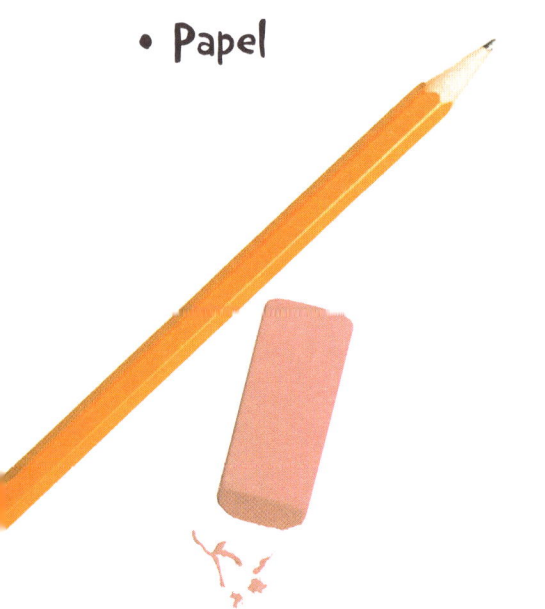

QUIZÁ TAMBIÉN TE INTERESA:

- Papel de borrador (para practicar)
- Papel bueno (para el dibujo final)
- Un rotulador de punta fina negro
- Lápices, rotuladores o pinturas de colores
- Una regla o algo con el borde recto
- Un compás o algo con la base redonda, como una taza
- ¡Algo para picar!

SOBRE ESTE LIBRO

Los dibujos de este libro se dividen en tres niveles: principiante, intermedio y avanzado. Al principio los dibujos son más sencillos y se van complicando de forma gradual, pero puede que un dibujo avanzado te parezca muy fácil o que un dibujo de nivel principiante te cueste mucho. ¡No pasa nada! Ve a tu ritmo. A lo largo del libro encontrarás muchos consejos que te ayudarán.

¡FÍJATE EN LAS LÍNEAS!

En el libro, las nuevas líneas que trazarás en cada paso son azules.

Las líneas que has trazado en los pasos anteriores son negras.

Las líneas de guía que borrarás más tarde son grises.

Y las líneas que ya puedes borrar son rojas.

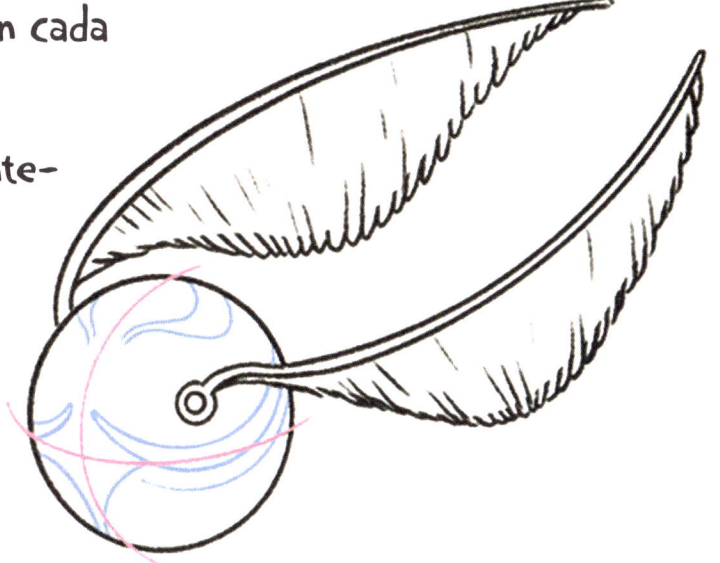

LÍNEAS DE GUÍA

En los primeros pasos de un dibujo, puede que tengas que trazar líneas de guía, que te ayudarán a saber dónde tienes que dibujar las otras formas. Por ejemplo, las líneas de guía del escudo de Hogwarts te ayudarán a dibujar el contorno y a dividir el dibujo en varias secciones, para que puedas trabajar de una en una.

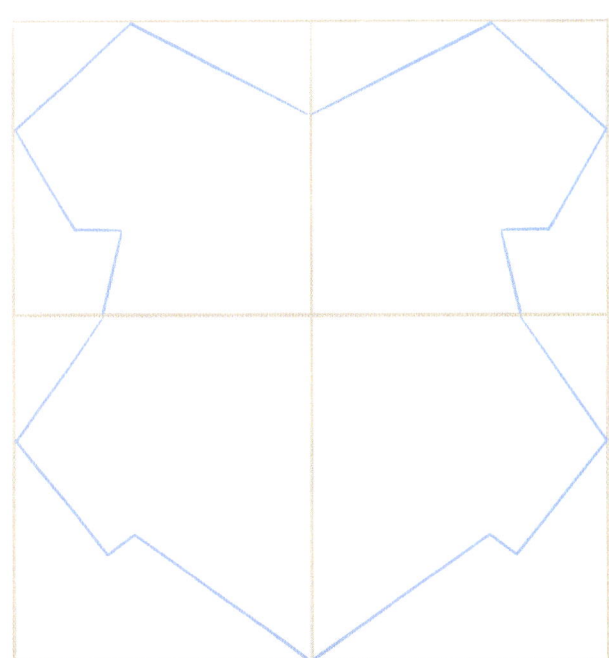

¿QUÉ ES LO MÁS IMPORTANTE QUE DEBES TENER EN CUENTA MIENTRAS DIBUJAS?

Todos los dibujos del libro (desde los principiantes hasta los avanzados) pueden simplificarse en formas básicas, como círculos, cuadrados, triángulos y rectángulos.

Por ejemplo, la varita de Harry empieza con un triángulo delgado y alargado.

¿Qué formas básicas ves en este dibujo del castillo de Hogwarts?

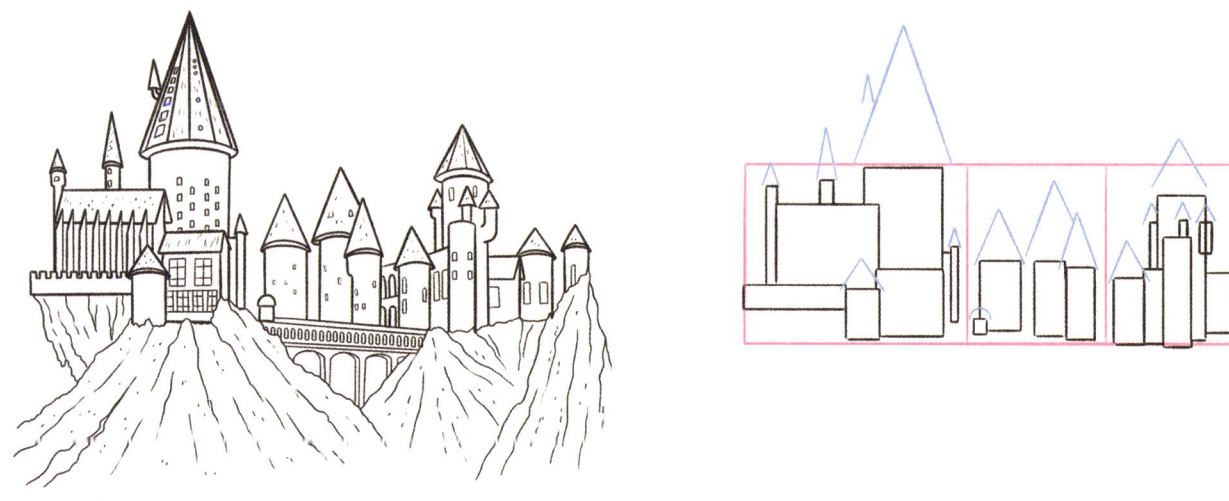

Incluso los ojos de todos los magos empiezan con un círculo para cada ojo, ¡y partiendo de esa base le añades más formas!

Cuando hayas dibujado todas las formas básicas, podrás empezar a dibujar los contornos y los detalles poco a poco.

CAMPO DE ENTRENAMIENTO

Aprender a dibujar se parece mucho a aprender un nuevo hechizo o a jugar al quidditch: requiere práctica. ¡Ni siquiera a Harry Potter le sale todo a la primera!

Prueba a calcar las ilustraciones del libro o practica las partes más difíciles en un papel de borrador antes de empezar un dibujo nuevo. Para calentar, también puedes esbozar diferentes tipos de líneas y formas en un papel aparte. Todas estas opciones son geniales para ir avanzando y mejorar tus habilidades. Y, si algo no te sale, tómate un descanso, relájate ¡y vuelve a intentarlo más tarde!

Cuando ya sepas dibujar a Harry Potter y los otros personajes, objetos y lugares del libro, podrás crear tus propias aventuras mágicas.

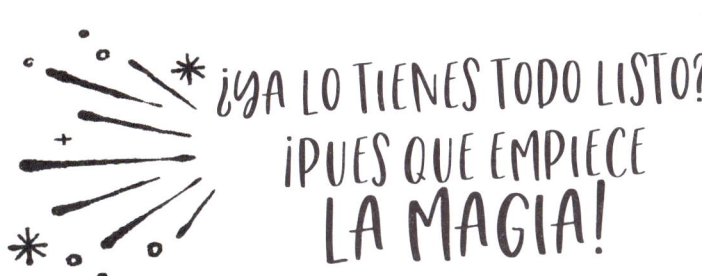

¿YA LO TIENES TODO LISTO? ¡PUES QUE EMPIECE LA MAGIA!

LAS GAFAS DE HARRY

¿Tienes ganas de ver más claramente este dibujo de las famosas gafas redondas de Harry Potter? Primero, practica haciendo círculos en un papel aparte. Puedes trazar el contorno de una taza, usar una herramienta llamada compás o dibujarlos a mano alzada. Si dibujas a mano alzada, toma nota de este consejo: ¡a veces sale mejor si haces un movimiento rápido!

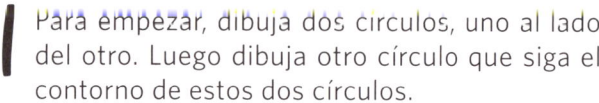

1 Para empezar, dibuja dos círculos, uno al lado del otro. Luego dibuja otro círculo que siga el contorno de estos dos círculos.

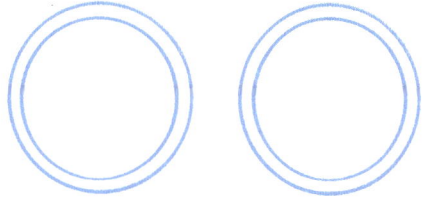

2 En el borde exterior del círculo izquierdo, dibuja una forma que parezca un bastón de caramelo. Haz lo mismo en el círculo derecho. ¿Ves que la curva del segundo bastón queda entre los dos círculos?

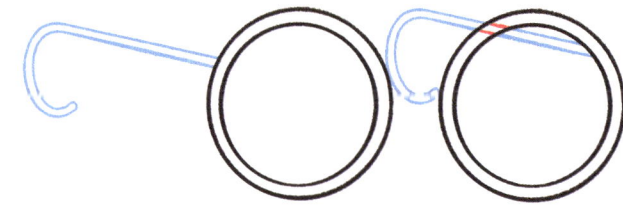

3 Conecta los círculos que has dibujado en el primer paso con dos líneas curvas que representen el puente de la montura. No pasa nada si estas líneas se solapan con alguna línea anterior. Luego traza una línea diagonal dentro de cada círculo para mostrar el reflejo del cristal.

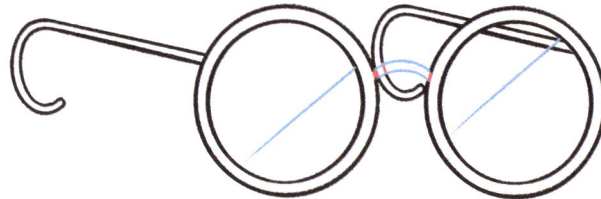

4 ¡Lo has conseguido! Ahora ve a buscar un rotulador, una cera o un lápiz de color para pintar de negro la montura de las icónicas gafas de Harry.

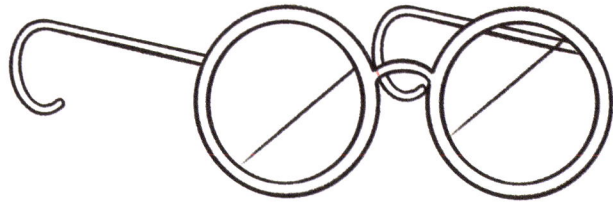

ESCOBA

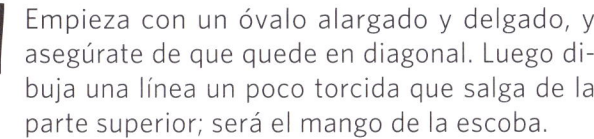

En el mundo mágico, las escobas son el principal medio para volar, igual que un buen lápiz es esencial para que te salga un buen dibujo. Las brujas y los magos pueden usar una escoba para transportarse o para jugar a deportes como el quidditch. Esta escoba es la Nimbus 2000 de Harry, la que usó en la primera película cuando entró en el equipo de Gryffindor como buscador. ¡Sácale punta al lápiz y prepárate para volar!

1 Empieza con un óvalo alargado y delgado, y asegúrate de que quede en diagonal. Luego dibuja una línea un poco torcida que salga de la parte superior; será el mango de la escoba.

2 Usando como guía la línea torcida que acabas de trazar, haz que el mango de la escoba sea más grueso. Luego dibuja la forma básica del cabezal de la escoba alrededor del óvalo.

3 Añade una línea en zigzag en el punto donde el cabezal conecta con el mango y redondea los bordes del mango. A continuación, traza una línea recta que salga del lateral del cabezal y al final de ésta dibuja una línea curva para crear el soporte.

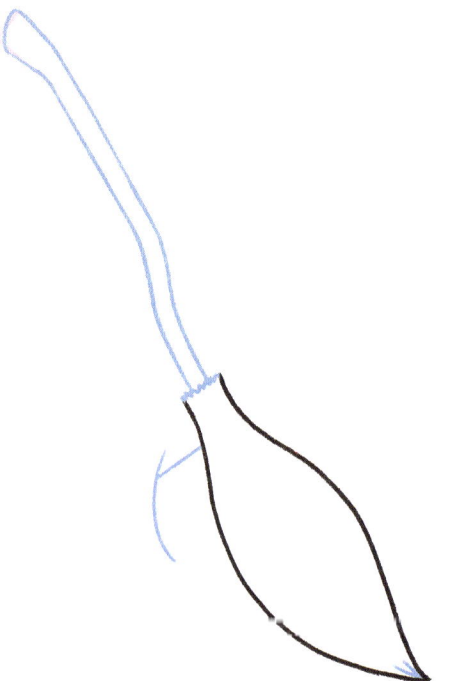

4 Traza seis líneas rectas en la parte superior del cabezal, que serán las bandas metálicas. Tendrían que quedar cada vez más juntas. Luego aumenta el grosor del soporte y borra las líneas que sobren (se muestran en rojo).

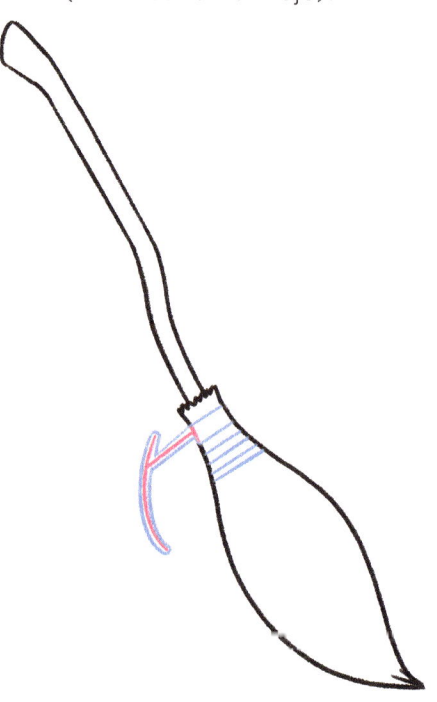

5 Traza unas líneas curvas cortitas y varias rayas para dibujar las cerdas. Asegúrate de que estas líneas sigan las curvas del contorno del cabezal.

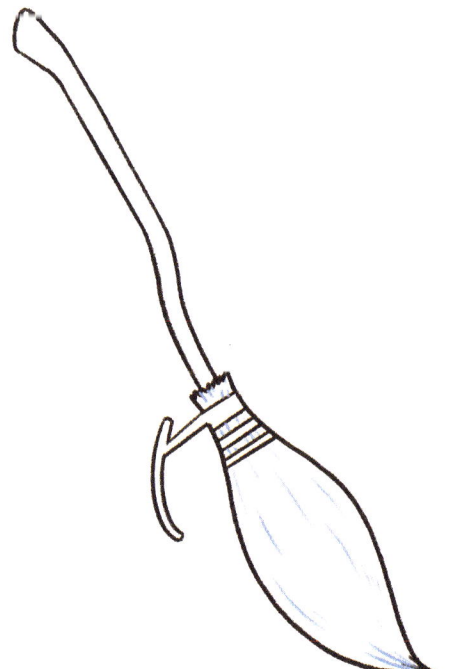

6 Añade algunas líneas para dibujar los detalles del mango. ¿Ves que siguen los bordes que habías hecho? Ahora ya puedes colorearla y... ¡a volar!

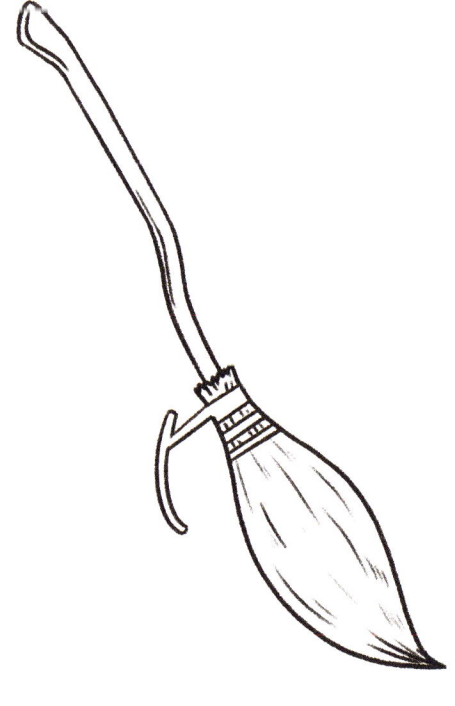

LA VARITA DE HARRY

Hay tantos tipos de varitas como brujas y magos. Dibujar una varita es una manera fantástica de practicar texturas diferentes. Las líneas alargadas pueden crear texturas lisas, mientras que las líneas más cortas y menos definidas pueden darle a un mango de madera (como el de la varita de Harry) un aspecto esculpido más irregular. ¿Te atreves a hacer magia? Para calentar, ¡dibuja un montón de líneas diferentes en un papel aparte!

1. Para empezar, dibuja un triángulo alargado y delgado.

2. En el extremo más ancho, dibuja una forma curva irregular para hacer el mango de la varita. Fíjate en que el mango es más delgado en la parte por donde cogerías la varita.

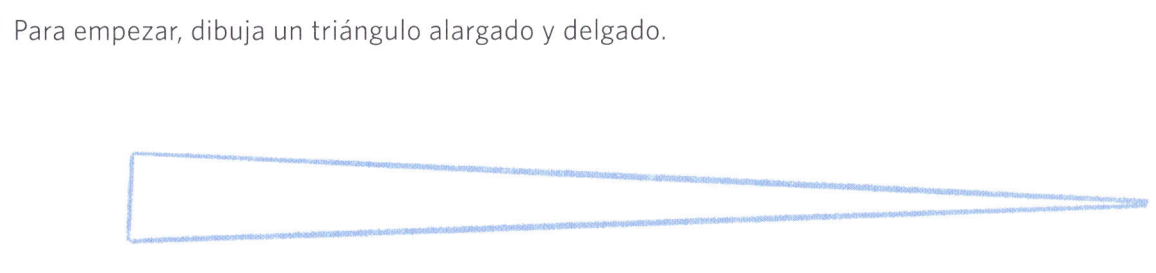

3. Dibuja una especie de C para indicar dónde termina la sección del medio. Luego dibuja el contorno de la parte central mediante unas líneas irregulares, de modo que parezca de madera.

4 Traza el contorno de la mitad derecha de la varita y fíjate en que la punta termina con una línea curva. Borra las líneas que ya no necesites.

5 ¡A por las texturas! En la parte central, traza unas líneas alargadas e irregulares para crear una textura suave en la madera. En el mango, traza líneas más curvas y serpenteantes para imitar una textura más áspera.

6 Pule los contornos y borra las líneas que sobren y los borrones. Ahora que ya sabes dibujar la varita de Harry, intenta dibujar tu propia varita y la de tus amigos usando diferentes formas y texturas.

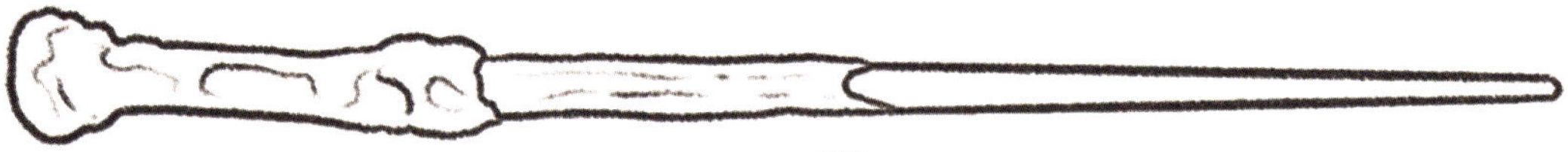

LA SNITCH DORADA

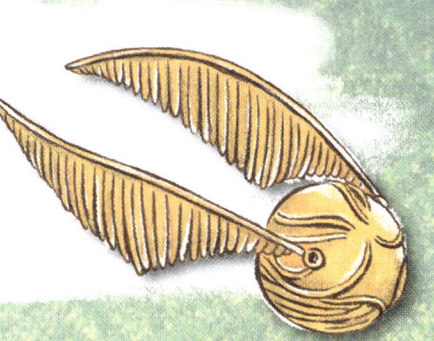

La clave para ganar un partido de quidditch es atrapar la snitch dorada. Y la clave para hacer que la snitch parezca una esfera tridimensional en lugar de un círculo plano es usar líneas de guía curvas. Estas líneas también te ayudarán a decidir dónde tienes que dibujar algunos detalles, como las alas. ¿Empezamos? Para calentar, dibuja cincuenta círculos tan rápido como puedas en un papel aparte. ¡Corre, ve a buscar un lápiz!

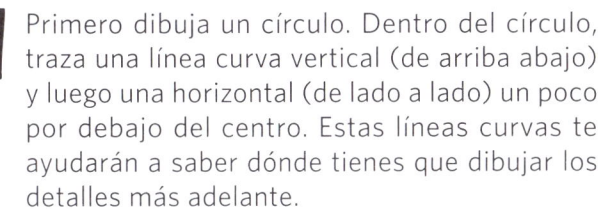

1 Primero dibuja un círculo. Dentro del círculo, traza una línea curva vertical (de arriba abajo) y luego una horizontal (de lado a lado) un poco por debajo del centro. Estas líneas curvas te ayudarán a saber dónde tienes que dibujar los detalles más adelante.

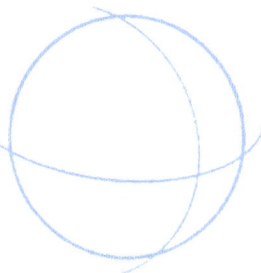

2 En la parte superior izquierda de la esfera, dibuja un círculo dentro de un círculo. A continuación, traza dos líneas curvas que vayan hacia atrás (tienen que acercarse en la punta). Será el hueso del ala. Repítelo en el otro lado.

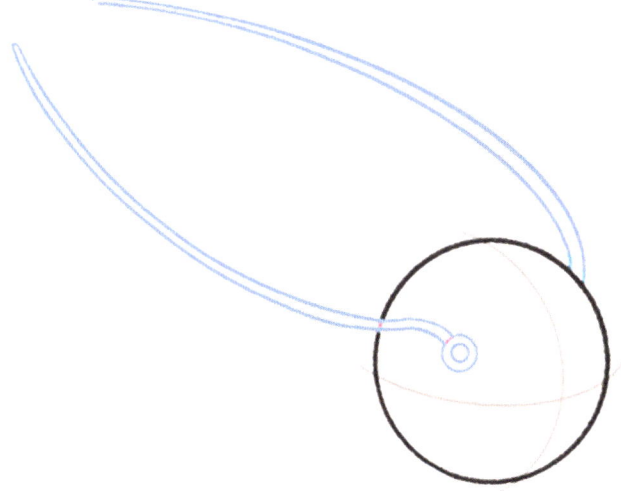

3 Para crear el borde inferior de cada ala, traza una línea curva que salga de un extremo del hueso del ala y vaya hasta el otro extremo. Las líneas tienen que hundirse en el centro del ala.

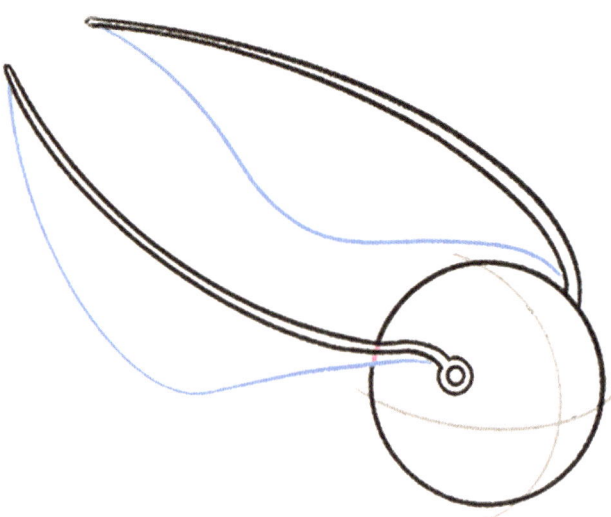

4 Para las plumas, dibuja una especie de U varias veces siguiendo el borde inferior de cada ala. Luego añade unas líneas cortitas en las alas para que parezca que hay muchas plumas.

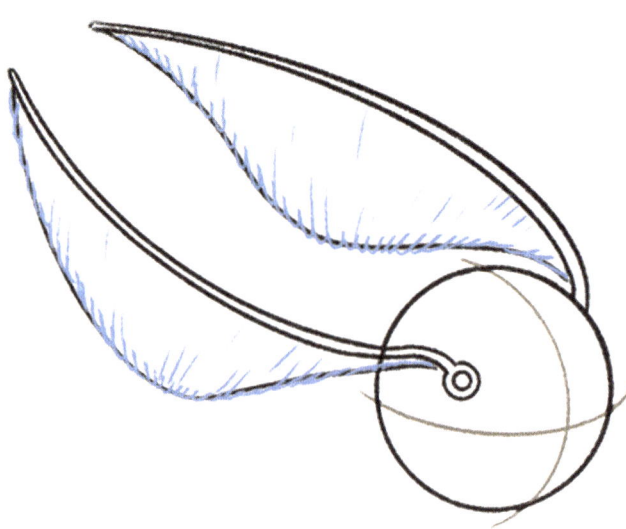

5 ¿Pasamos a los detalles? Trabaja por secciones usando las líneas de guía que has hecho en el primer paso. Cuando decores la snitch, traza líneas curvas en lugar de líneas rectas y así parecerá esférica.

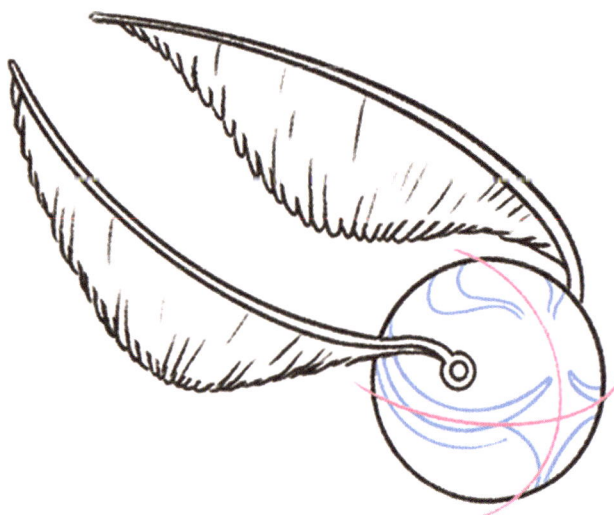

6 ¡Ahora toca pulir el dibujo! Borra las líneas de guía, cualquier otra línea que sobre y los borrones. ¡Felicidades, ya lo tienes todo a punto para tu próximo partido de quidditch!

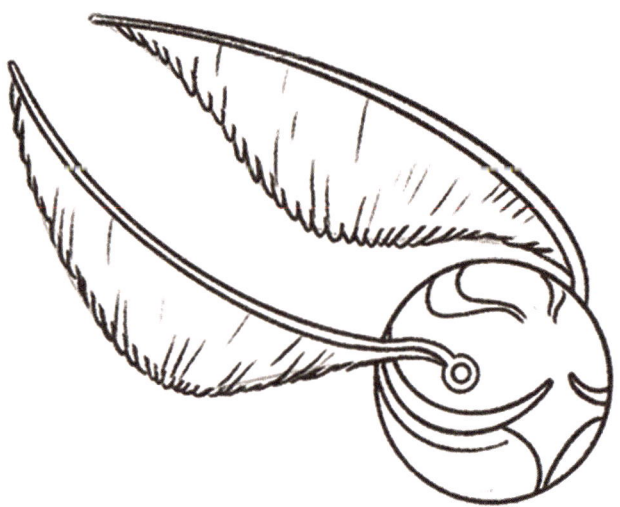

EL SOMBRERO SELECCIONADOR

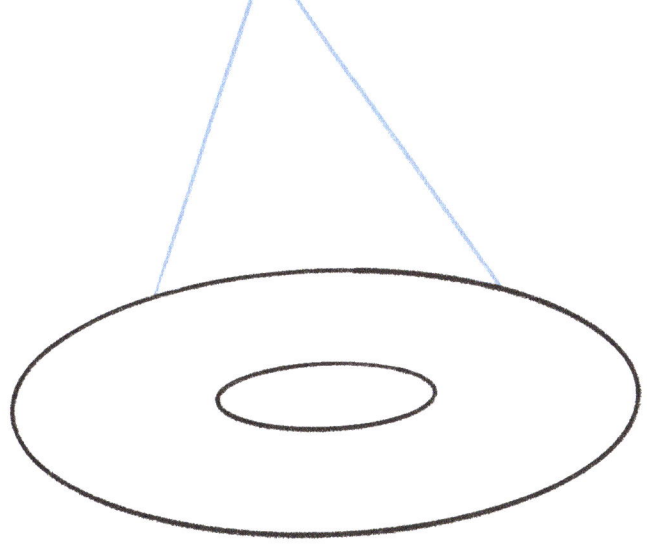

¿Eres valiente como los Gryffindor, sabio como los Ravenclaw, leal como los Hufflepuff o astuto como los Slytherin? El Sombrero Seleccionador ayuda a los alumnos de Hogwarts a descubrirlo. Y dibujar el Sombrero Seleccionador puede ayudarte a descubrir las formas sencillas, como los óvalos y los triángulos, que se esconden en los dibujos más complejos.

1 Empieza dibujando un óvalo grande y, a continuación, dibuja otro más pequeño en el centro. Esto será el ala del sombrero.

2 Dibuja un triángulo encima del óvalo más grande.

3 La punta arrugada del sombrero consta de cinco triángulos conectados entre sí. Dibuja el primero enganchado a la punta del triángulo del segundo paso, y luego encadena cuatro triángulos más, cada vez más pequeños.

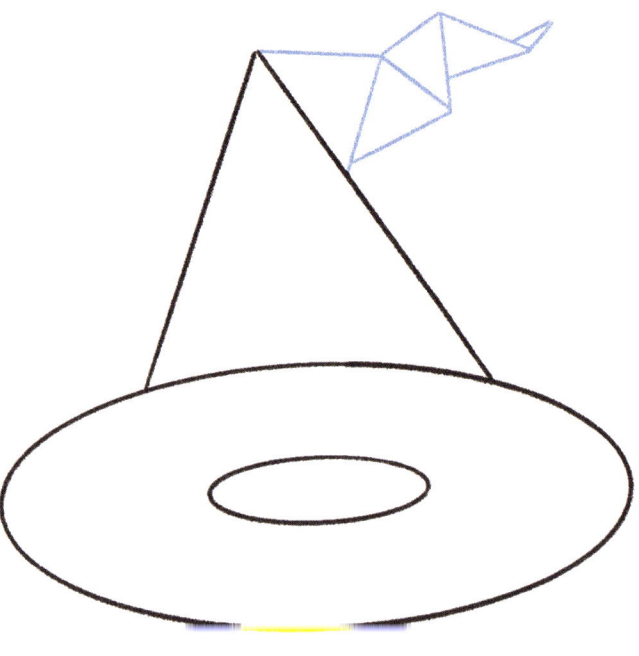

4 Para hacer que parezca viejo y usado, vuelve a dibujar el contorno del sombrero con líneas torcidas y desiguales. Las líneas del lado derecho tienen que ser más irregulares.

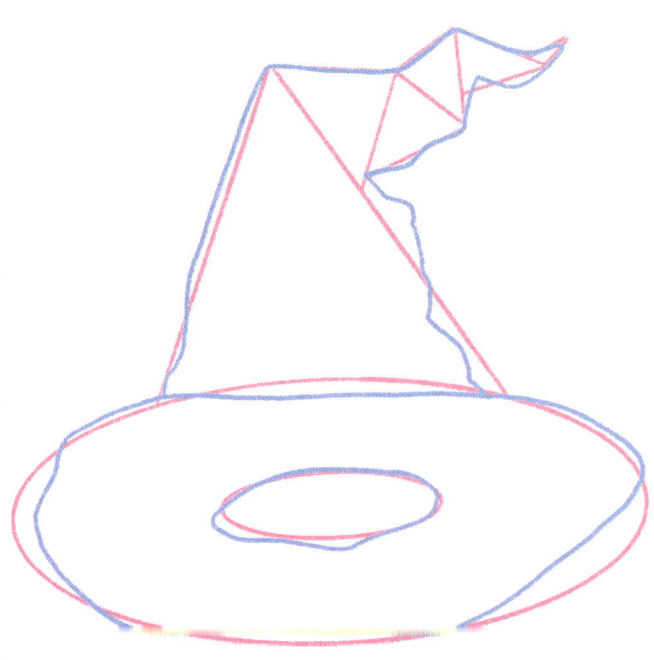

5 Empieza a dibujar los ojos: traza una V muy ancha para las cejas y luego una W curva justo debajo. Ahora traza una línea irregular para el labio superior y una línea curva debajo.

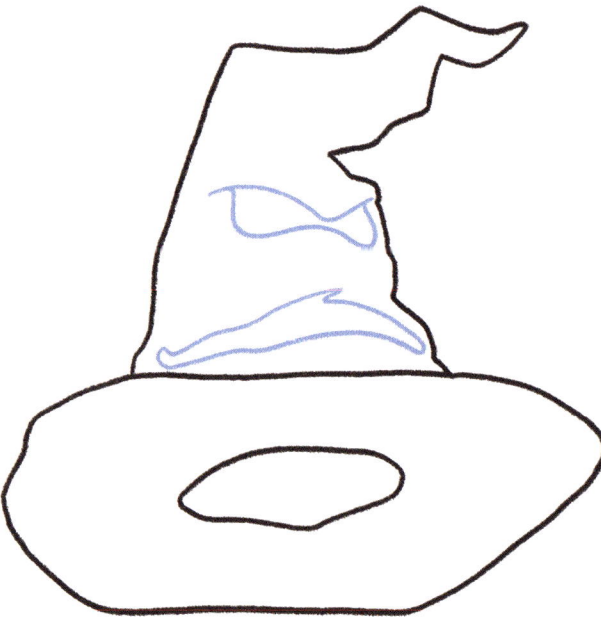

6 Añade unas formas que parezcan las letras V y U para dibujar las arrugas en los puntos donde el sombrero se dobla y donde sobresalen la nariz, las cejas y el labio inferior.

7 Traza una línea curva dentro de la parte superior del ala del sombrero para que parezca tridimensional. Luego traza una línea parecida dentro de la parte inferior de la apertura del sombrero.

8 Para terminar, pinta de negro los ojos, la boca y la apertura del ala. ¿Qué personaje harás que se ponga el Sombrero Seleccionador primero?

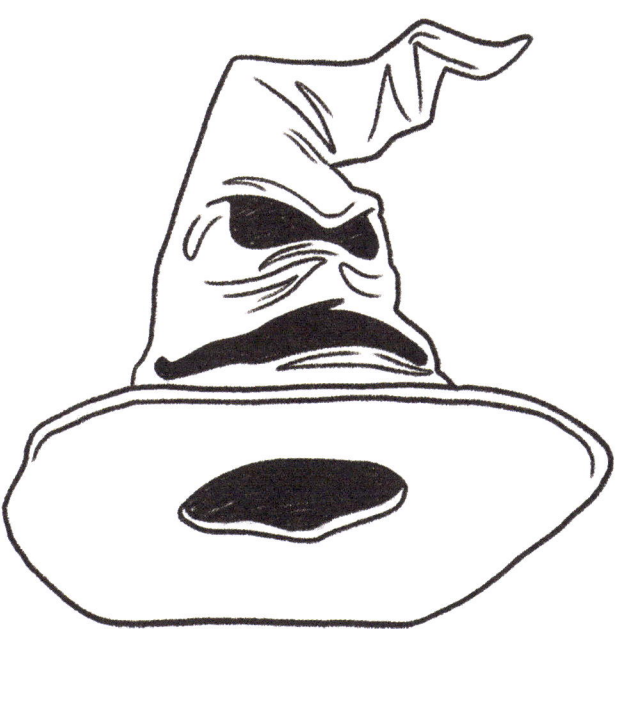

LA ESPADA DE GRYFFINDOR

Esta espada es capaz de hacer algo prácticamente imposible: destruir los Horrocruxes de lord Voldemort. ¡Y Harry también la usó para vencer al basilisco en la segunda peli! Quizá te parezca difícil dibujar el diseño de la empuñadura (o el mango) de la espada, pero tómatelo con calma y divide el diseño en formas sencillas. Primero puedes calcarlo en un papel aparte para ver mejor dónde van las líneas. ¡Calcar va muy bien para practicar!

1 Dibuja dos rectángulos alargados y delgados que formen una cruz. El rectángulo horizontal tendría que ser más alargado que el vertical.

2 Para dibujar la forma de la empuñadura de la espada, primero busca las formas básicas, como círculos, óvalos y cuadrados. Dibuja todas las formas que veas en el mango y luego conéctalas con líneas curvas.

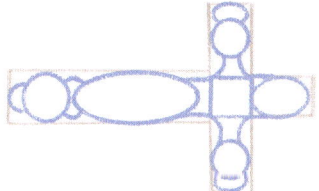

3 Traza un contorno alrededor de las formas que has dibujado en el segundo paso. A continuación, borra todas las líneas de dentro del contorno, así como los rectángulos del primer paso.

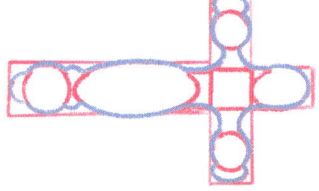

4 En el mango de la espada hay unos rubíes incrustados. Usa círculos y óvalos para dibujarlos dentro de la forma de la empuñadura que has hecho en el tercer paso.

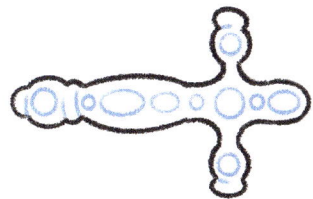

5 Para crear el filo de la espada, traza dos líneas alargadas que vayan acercándose entre sí. Al final añade una V para conectarlas y formar la punta afilada.

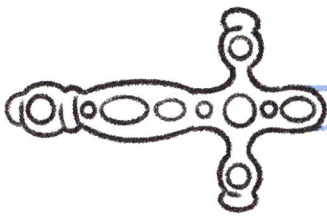

6 Gira el papel para trabajar de lado y escribe el nombre «Godric Gryffindor» en el filo de la espada. Las letras tendrían que estar en vertical, en lugar de horizontal.

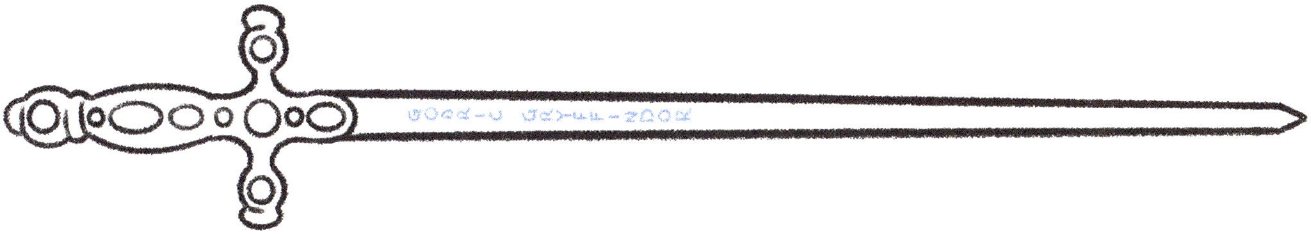

7 ¿Sientes todo el poder de esta espada mágica? Pues ya puedes pintar los rubíes de rojo, como la casa de Gryffindor. ¡El resto de la espada tiene que ser plateada!

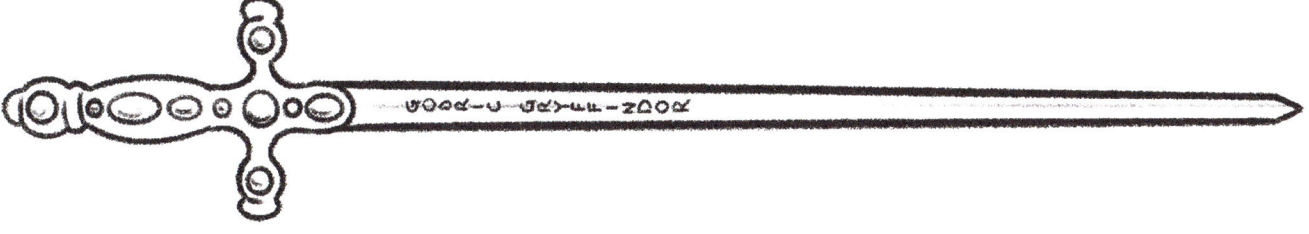

LAS ESPECTROGAFAS DE LUNA

Luna Lovegood usa las espectrogafas para ver torposoplos, unas criaturas invisibles que flotan en el aire y te embotan el cerebro. Las líneas de guía de este dibujo te ayudarán a ver dónde tienes que dibujar los bordes de estas gafas tan coloridas. ¿Se te ha embotado el cerebro? Estas líneas puede que sean invisibles en el dibujo final, pero te ayudarán a visualizar los pasos que tienes que hacer para llegar hasta allí.

1 Primero, dibuja un círculo dentro de un círculo, como has hecho al dibujar las gafas de Harry. Luego, al lado, dibuja otro círculo dentro de un círculo.

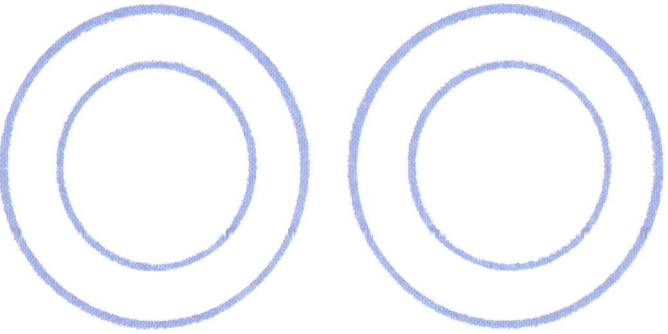

2 ¿Hasta dónde quieres que lleguen los bordes de las espectrogafas? Cuando lo tengas claro, traza una línea de guía curva al lado de los dos círculos grandes. ¡Las necesitarás en el siguiente paso!

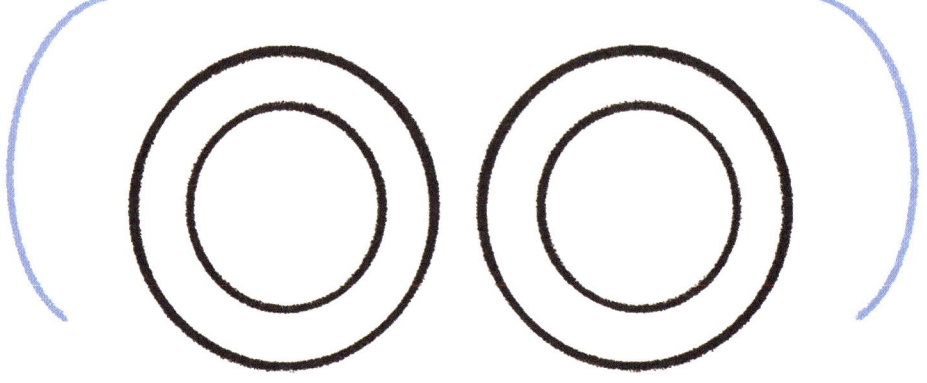

3 En el borde exterior de cada círculo, traza una línea ondulada con cinco montañitas para crear los laterales de las espectrogafas. La punta de cada montañita tendría que tocar las líneas de guía que has hecho en el segundo paso.

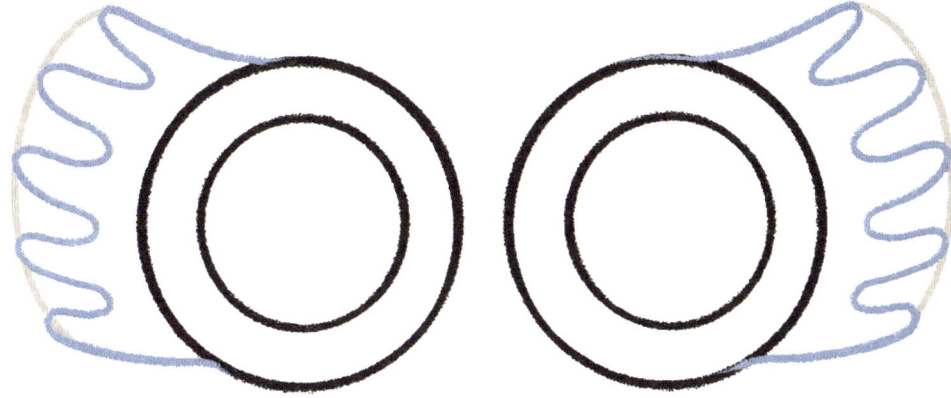

4 Conecta los dos círculos más grandes mediante dos líneas curvas. A continuación, para pulir el dibujo, borra todas las líneas que no necesites, incluidas las líneas de guía.

5 ¿Te atreves a dibujar las espirales? Primero dibuja un círculo pequeñito en el centro de cada cristal y luego traza unas líneas curvas que salgan del círculo central de dos en dos y vayan hasta el borde del cristal.

6 Las monturas de las espectrogafas de Luna están decoradas con estrellas y polvo de hadas, pero ¡tú puedes decorar las tuyas como prefieras!

7 Las espectrogafas son brillantes y muy coloridas, así que saca todos los colores... ¡y prepárate para ver la magia!

GIRATIEMPO

Los giratiempos te permiten viajar al pasado. ¡Hermione Granger usó uno en la tercera peli para poder asistir a más clases! ¿Te gustaría usar un giratiempo para tener aún más tiempo para dibujar? Antes de empezar un dibujo, intenta siempre practicar las partes más difíciles en un papel aparte para mejorar tus habilidades.

1 Empieza con un círculo. Si quieres que te quede un círculo perfecto, traza el contorno de una taza o usa un compás.

2 Dibuja dos círculos más alrededor del primero. Cuidado: el espacio entre ellos no es igual.

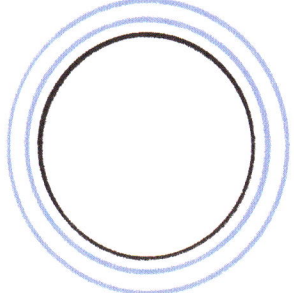

3 Dibuja dos círculos más alrededor de los tres primeros. Fíjate en el espacio que hay entre cada círculo.

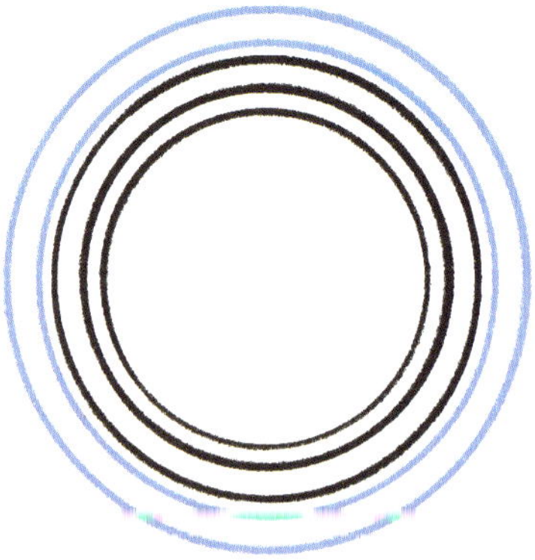

4 Traza dos líneas horizontales que salgan de cada lado del giratiempo. (¿Ves que sólo son visibles entre algunos círculos?) En el punto donde termina cada par de líneas, dibuja un semicírculo. A continuación, en la parte superior del giratiempo, traza unas líneas curvas para dibujar dos ganchos.

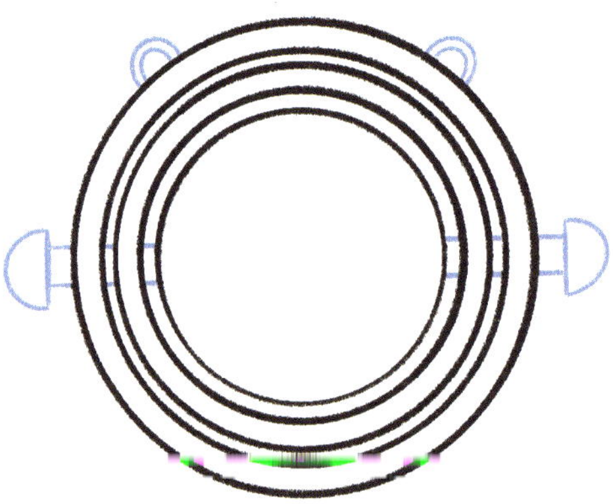

5 Ahora dibuja los detalles de la parte central del giratiempo. Empieza con un reloj de arena y luego dibuja cuatro óvalos en cada lado. Calca el diseño en un papel aparte antes de añadirlo a tu dibujo.

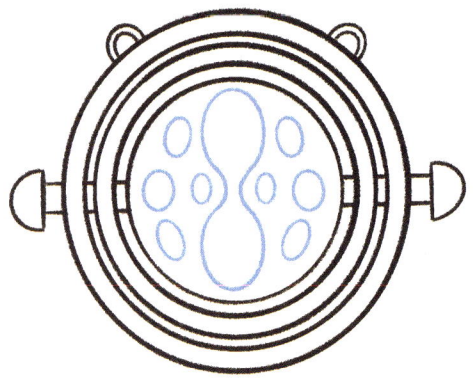

6 Para dibujar la cadena, traza varias rayas que unan los dos ganchos que has hecho en el cuarto paso. Luego añade unos puntitos desiguales y unas líneas curvas para la arena de dentro del reloj.

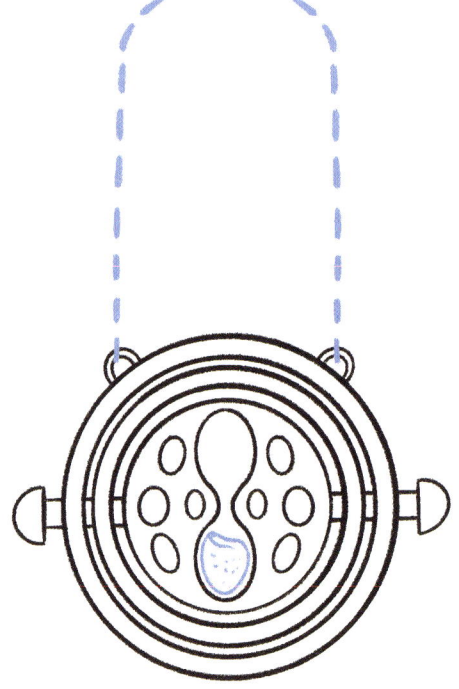

7 Dibuja un pequeño rectángulo entre todas las rayas que has hecho en el paso anterior.

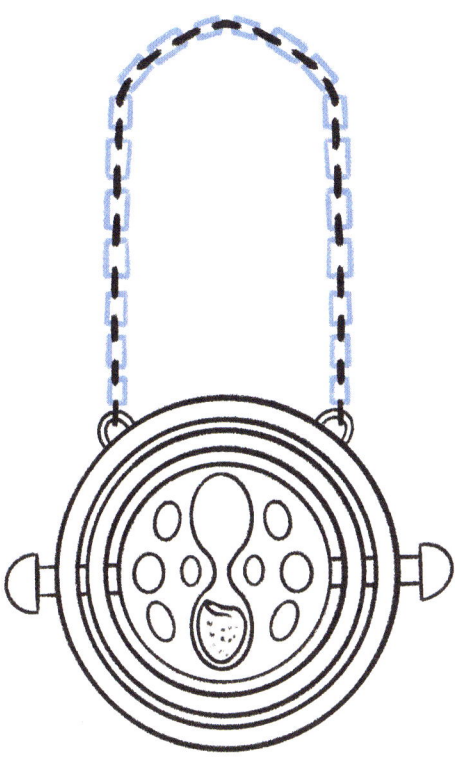

8 ¡Felicidades, ya has terminado el dibujo! ¿Qué harías si tuvieras un giratiempo de verdad?

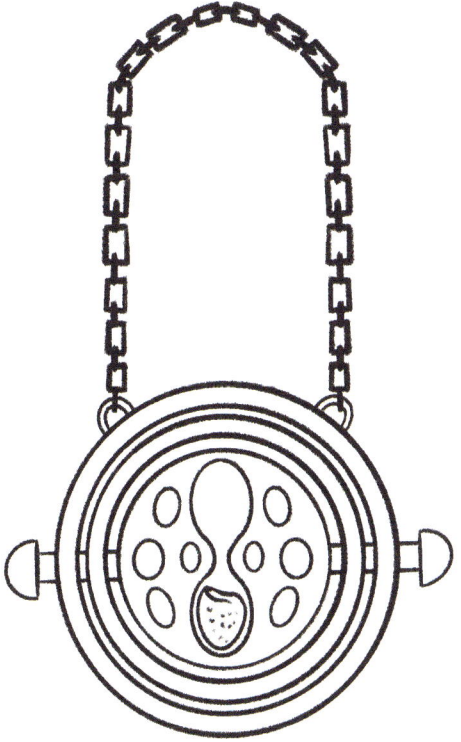

CAJA DE RANA DE CHOCOLATE

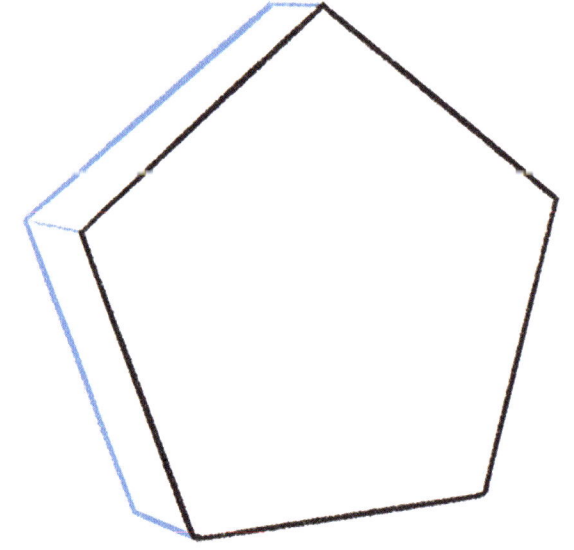

Dentro de cada una de estas cajitas hay una rana de chocolate buenísima y un cromo coleccionable de un mago o una bruja famoso. Para este dibujo, repasaremos cómo hacer que una forma parezca tridimensional en lugar de plana y aprenderás a decorarla. ¿Ya lo tienes todo listo? ¡Pues empecemos!

1 Primero dibuja un pentágono, es decir, una forma con cinco lados iguales. ¡Fíjate bien en el dibujo! Si no te sale, puedes calcar el pentágono que hay en el libro o dibujar cinco triángulos que se toquen en el centro.

2 En el lado izquierdo, traza dos líneas rectas alargadas que bordeen los laterales del pentágono. Para conectar estas líneas al pentágono, traza tres líneas cortas. ¡Ya tienes los laterales de la caja!

26

3 Para conseguir que la tapa parezca tridimensional en lugar de plana, dibuja un punto dentro del pentágono como se ve en la imagen. Luego traza una línea desde cada punta del pentágono hasta el punto que has hecho.

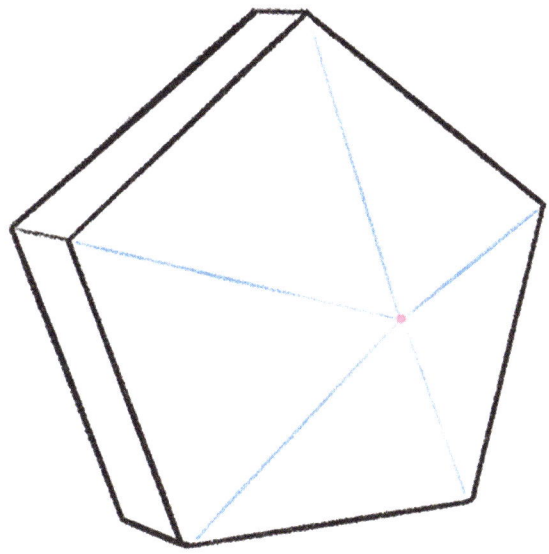

4 ¡A decorar! Dibuja un arco dentro de cada triángulo de la tapa. Asegúrate de que todos los arcos se toquen y formen una flor. Luego dibuja varios arcos más pequeños en línea en ambos lados de la caja.

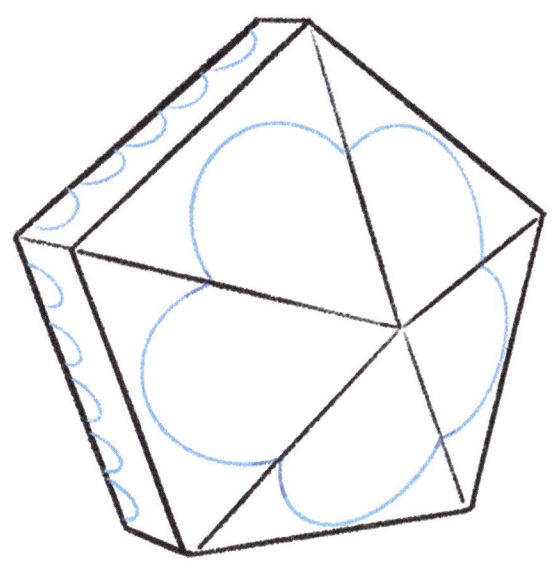

5 Traza un contorno siguiendo el borde del pentágono y dibuja un óvalo en cada una de las líneas del tercer paso. Como si se tratara de una nube, dibuja una bonita forma dentro de la flor que has hecho en el cuarto paso.

6 ¡A por los detalles finales! ¿De qué colores será la caja? Ahora que ya sabes dibujar el envoltorio, ¡atrévete a dibujar la rana de chocolate que hay dentro!

ARAGOG

Esta araña gigantesca capaz de hablar (antigua mascota de Hagrid) vive en las profundidades del Bosque Prohibido. Cuando Ron y Harry se enfrentaron a *Aragog* en la segunda peli, fueron rescatados por el Ford Anglia hechizado de los Weasley, pero a ti no hará falta que te rescaten de este dibujo. Tienes todas las habilidades necesarias para dibujar la acromántula... ¡Paso a paso y pata a pata!

1 Primero dibuja la forma básica de la cabeza y luego añade una línea curva arriba para el cuerpo.

2 Traza unas líneas rectas para esbozar las seis patas y unas líneas curvas para las dos antenas. Fíjate en cuántas veces se dobla cada pata.

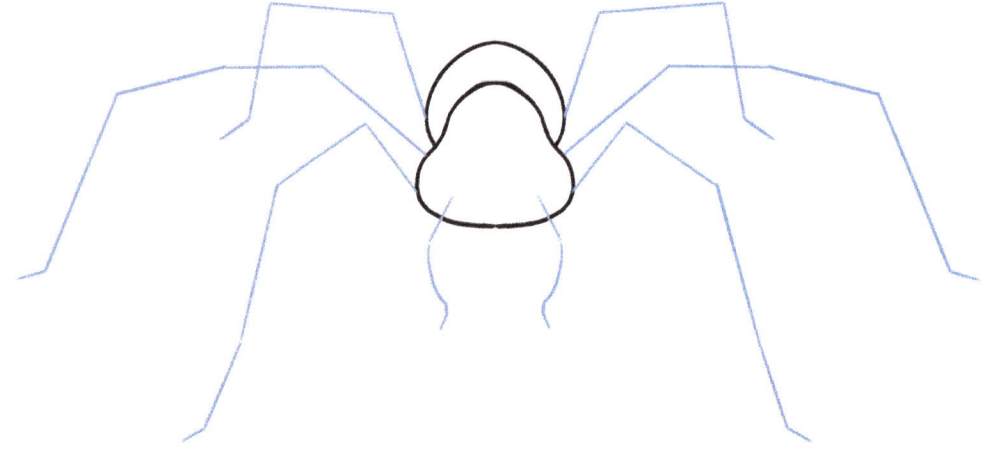

3 Dibuja un círculo en cada articulación de las patas y las antenas.

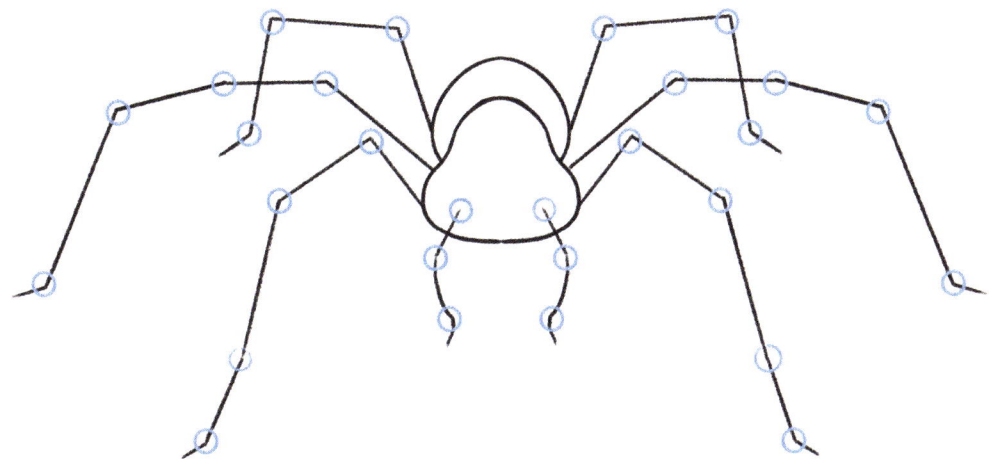

4 Para que las patas y antenas de la araña parezcan tridimensionales, dibuja un contorno más grueso alrededor de las líneas y los círculos que has hecho en los pasos dos y tres. Redondea los bordes de los pies. Al final, borra las líneas que ya no necesites.

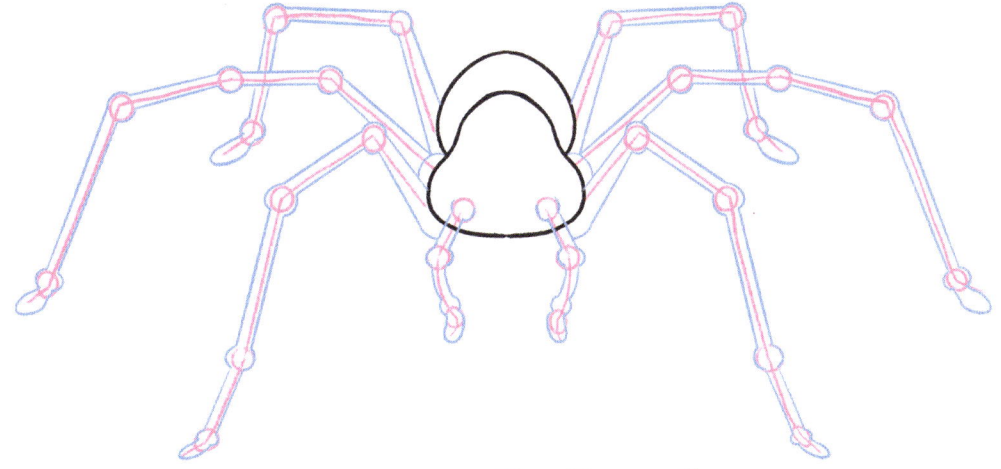

5 Vuelve a dibujar el contorno de la cabeza y el cuerpo con líneas curvas y dentadas para que se vean peluditos. Luego dibuja las pinzas de la cara. Fíjate en cómo se curvan al final.

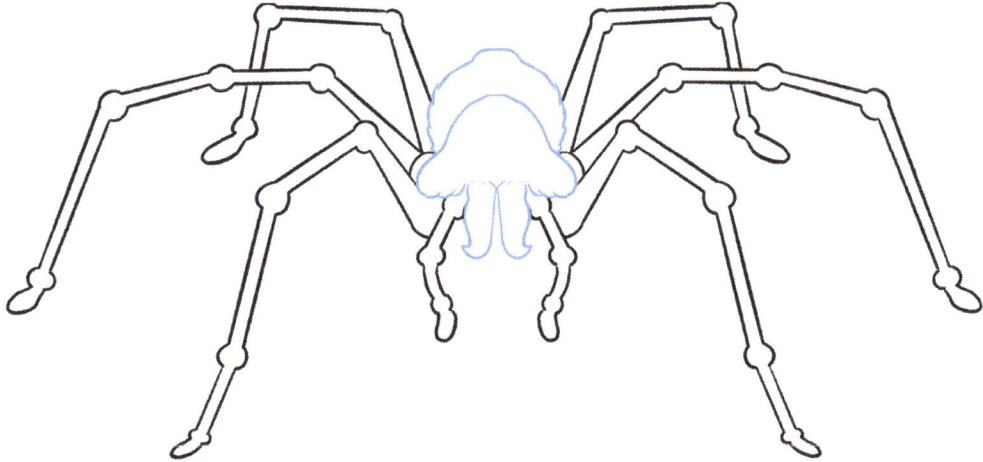

6 Dibuja la forma básica de los numerosos ojos de *Aragog*. ¿Te has dado cuenta de que son de tamaños diferentes? Traza unas líneas curvas para marcar los segmentos de la parte frontal del cuerpo.

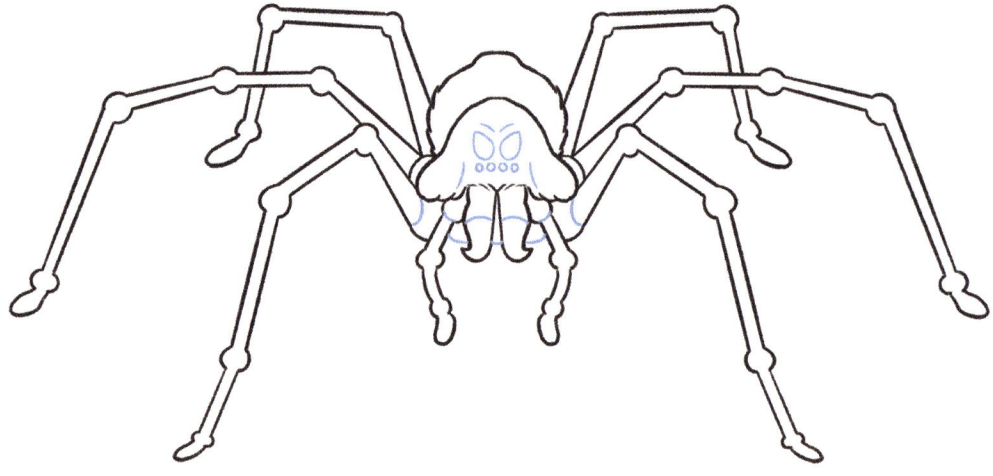

7 Traza muchas líneas curvas cortas para dibujar los pelos de la cabeza, el cuerpo y las articulaciones. A continuación, pinta los ojos, pero deja un circulito blanco en cada uno para el reflejo.

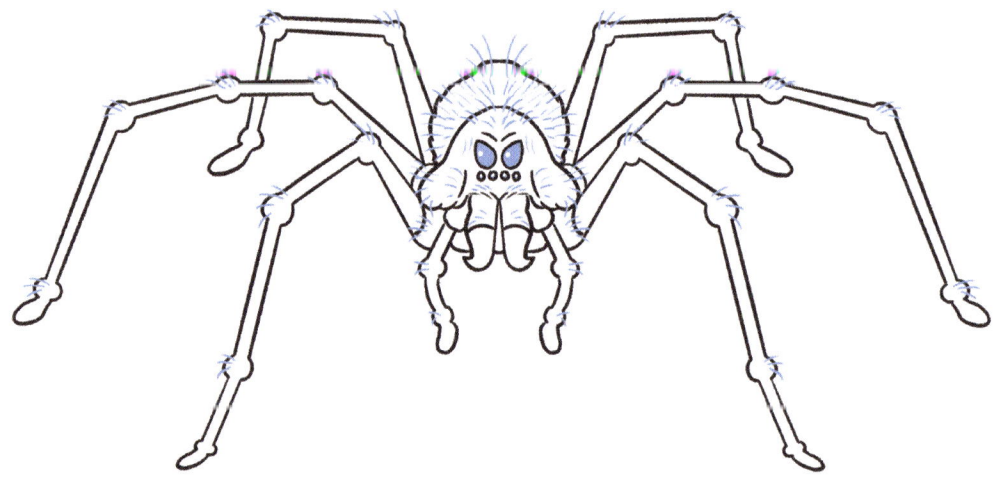

8 Sombrea todo el cuerpo mediante líneas alargadas y rápidas en lápiz. Ahora que ya sabes dibujar esta acromántula, ¡atrévete a dibujar a *Aragog* en el Bosque Prohibido con el resto de su familia!

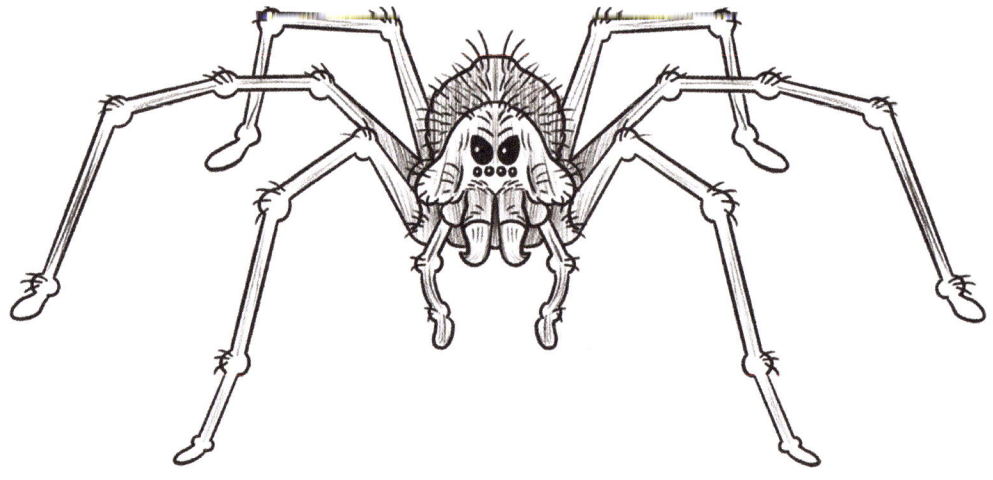

CROOKSHANKS

La mascota de Hermione es leal y cariñosa, pero a veces se enfada con los amigos de la chica y con otras mascotas, como *Scabbers*, la rata de Ron. Por suerte, tú no te pondrás de mal humor cuando aprendas a dibujar a este gato tan inteligente. ¡Los óvalos grandes y las líneas onduladas le dan un aspecto suave!

1 Dibuja un círculo para la cabeza y luego un óvalo alargado detrás para el cuerpo.

2 Para terminar de dibujar la forma básica, añade unas líneas rectas para las patas y la cola, como si fuese un monigote. Después dibuja óvalos de tamaños diferentes para las garras.

3 Dibuja el contorno del cuerpo de *Crookshanks* con líneas onduladas para marcar el pelaje. Fíjate en que las puntas del pelaje quedan más separadas entre sí en el lomo y la cola, y más juntas en las patas y la cara. Para las garras, traza líneas cortas y curvas.

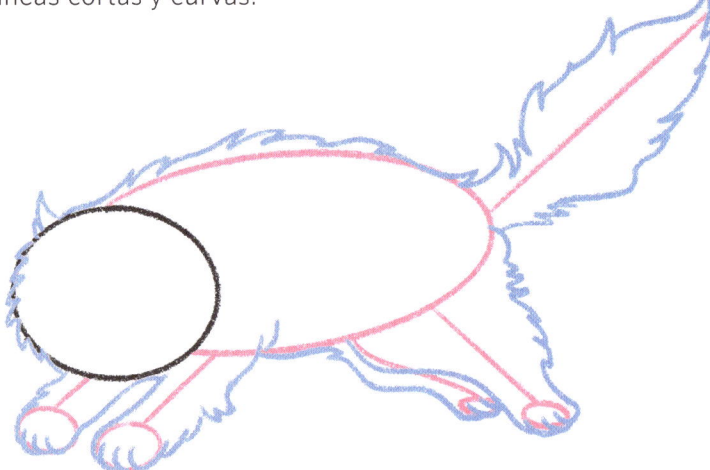

4 Usa líneas curvas para dibujar el hombro peludito del gato y la parte superior de la pata trasera. Luego, usando líneas curvas más cortas, termina de hacer el contorno de la cabeza y la cara. ¿Qué clase de líneas usarás para dibujar la oreja?

5 Para que *Crookshanks* parezca muy peludo, dibuja varios grupitos de líneas cortas por todo el cuerpo. Fíjate en la dirección de los trazos de cada grupo de líneas. ¿Ves algo curioso?

6 Simplifica la cara en formas básicas. Cada ojo es un círculo sombreado con una línea curva encima. El morro es una U al revés, y la nariz y la boca son dos V conectadas. ¡No te olvides de los bigotes!

7 Comprueba que las proporciones de *Crookshanks* estén bien y asegúrate de que la cabeza no sea ni demasiado grande ni demasiado pequeña en comparación con el cuerpo. ¡Ya puedes pulir los contornos y empezar a pintar este gato naranja con rayas marrones!

HEDWIG

Los búhos, como *Hedwig*, son el principal medio para mandar mensajes en el mundo mágico. En el mundo del dibujo, puedes transmitir información mediante la forma de tus líneas. Una línea curva puede convertirse en un ala mirando hacia abajo o una cabeza que sobresale. Tanto una línea en forma de U como una raya corta pueden parecer plumas. ¿Cuántas líneas diferentes usarás para dibujar a la lechuza blanca de Harry?

1 Empieza con un círculo para la cabeza y dentro traza dos líneas de guía curvas. Estas líneas te ayudarán a dibujar una cara tridimensional y mostrarán en qué dirección vuela *Hedwig*.

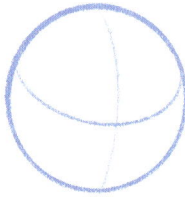

2 Esboza el resto de las formas básicas del cuerpo de *Hedwig*: medio óvalo para el cuerpo, dos líneas para las patas y unos óvalos para los pies.

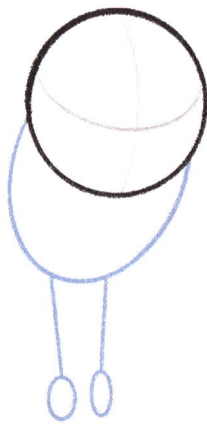

3 Usa líneas curvas grandes para dibujar las formas básicas de las alas y las plumas de la cola. Fíjate en dónde conectan con el cuerpo estas nuevas líneas.

4 Vuelve a dibujar el contorno del cuerpo de *Hedwig* para que se parezca más a una lechuza. Dibuja varias U en línea en la parte inferior de las alas para hacer las plumas, y usa líneas curvas para crear el hueso de las alas, las patas y las garras.

5 Dibuja las plumas de la cola añadiendo varias V en línea en el borde inferior de la forma para la cola que has hecho en el tercer paso. Luego traza líneas rectas entre la parte superior de cada V y el cuerpo.

6 Añade detalles a las garras y las alas con líneas curvas y en forma de U. Para la cara, dibuja unos óvalos a la altura de la línea de guía horizontal, que serán los ojos, y un diamante en la línea de guía vertical, que será el pico. Luego borra las líneas de guía rojas.

7 Usa diferentes líneas para dibujar las motas que *Hedwig* tiene en el estómago y las plumas de la cabeza y la cara. A continuación, dibuja un círculo dentro de un círculo en cada ojo. Deja la parte del medio en blanco y pinta de negro el resto de los ojos.

8 Ahora termina los detalles de las alas. Es importante que sigas la curva de las alas mientras dibujas. ¿Cuántos tipos de líneas usarás?

9 Para completar el dibujo, sombrea las plumas de la cola, la parte superior de las patas y la parte de las alas que se hunde. Luego pinta los ojos amarillos y las plumas blancas de *Hedwig*.

HIPOGRIFO

¡Este dibujo será legendario! Estas criaturas mágicas (como *Buckbeak*, que aparece por primera vez en la tercera peli) son mitad águila, mitad caballo. Dibujar un hipogrifo es una gran oportunidad para trabajar las texturas. La mitad pájaro de su cuerpo está cubierta de plumas, mientras que la otra mitad está cubierta de pelaje. Para resaltar el contraste de texturas, usa trazos ondulados y curvos en la parte frontal y trazos más suaves en la parte trasera.

1 Esta criatura mágica empieza con dos círculos para el cuerpo y un óvalo para la cabeza. Conecta las formas con dos líneas de guía rectas que se crucen en el centro del círculo izquierdo.

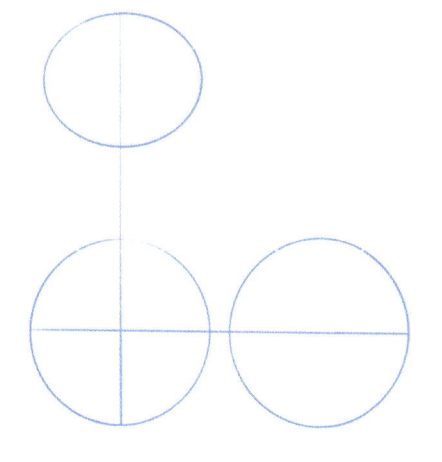

2 Traza una línea ondulada para unir el óvalo con el círculo izquierdo. A continuación, dibuja el ojo y las cejas. Usa unas líneas curvas para dibujar el pico en la parte inferior derecha del óvalo y luego traza una línea ondulada para el cuello.

3 Dibuja una pata en la parte inferior de cada círculo, junto a las líneas de guía: usa trazos ondulados para dibujar la barriga y la pata aguileña de la parte frontal, y trazos más suaves para la pata de caballo de la parte trasera.

4 Dibuja las patas derechas de modo que sobresalgan por detrás del cuerpo. Luego dibuja la parte superior del ala con una línea alargada y curva que se extienda hasta más allá de las patas traseras.

5 Traza una línea ondeada para dibujar la parte inferior del ala. Cuando termines, dibuja la pezuña de la pata trasera y las garras de las patas frontales usando unas U alargadas y unas V curvadas.

6 Traza unas líneas alargadas para dibujar la cola, que tiene que parecer la de un caballo y debe empezar en el punto donde el ala conecta con la pata. Luego dibuja la parte superior del ala derecha de modo que sobresalga por detrás del ala izquierda.

7 ¡A por las texturas! Puedes dibujar todas y cada una de las plumas del ala o bien puedes sugerir que hay muchas plumas si dibujas tres filas de líneas curvas conectadas entre sí. ¿Quieres un consejo? Gira el papel para dibujarlas.

8 Las plumas de la parte frontal del cuerpo sobresalen bastante, parecen grupitos de W minúscula. Si dibujas varios grupitos de plumas repartidos por toda la mitad aguileña del cuerpo, ¡engañarás a la vista y parecerá que haya muchas plumas por todas partes!

9 ¡Ahora toca pulir el dibujo! Borra las líneas que sobren y sombrea el hipogrifo para que parezca que tiene más plumas y que es tridimensional. ¿Qué colores usarás para pintarlo?

THESTRAL

La primera vez que Harry ve un thestral es en la quinta película. Estos caballos esqueléticos viven en el Bosque Prohibido y tienen cara de reptil y alas de murciélago. Normalmente sólo pueden verlos aquellos que hayan visto la muerte, pero ¡tu dibujo de esta criatura lo podrá ver todo el mundo! Mientras dibujes, fíjate muy bien en los detalles y las líneas sutiles. ¿Cómo conseguirás que tu thestral sea único?

1 Empieza con las formas básicas: un óvalo para la cabeza, un rectángulo para el cuerpo y un óvalo más pequeño para la parte trasera. Luego une la cabeza y el cuerpo con una línea recta.

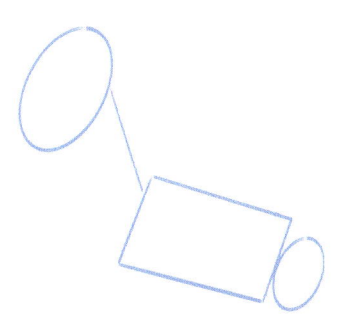

2 Combina líneas rectas y curvas para esbozar las alas, las cuatro patas y la cola.

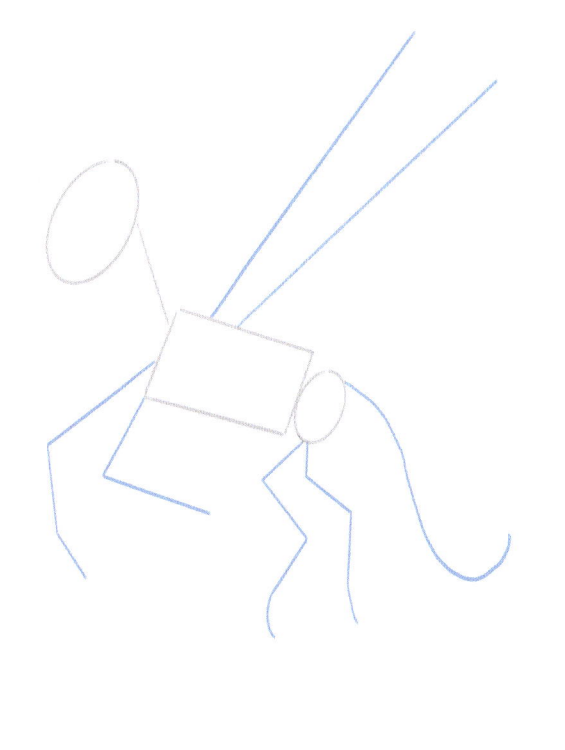

3 Alrededor de las líneas de guía del segundo paso, traza líneas rectas para hacer las formas de diamante de las alas. ¿Ves que el ala frontal tapa parcialmente el ala de atrás?

4 Dibuja el contorno del cuerpo alrededor de la figura básica del tercer paso. Tómate tu tiempo y fíjate en las diferentes líneas, como las curvas alrededor de la cara y los bordes ondeados de las alas.

5 Para el ojo, dibuja tres círculos, uno dentro del otro, y traza una forma triangular en ambos lados del círculo grande. Luego añade una línea sobre el triángulo de atrás para crear la ceja y unas líneas curvas para el agujero de la nariz y el pómulo.

6 Usa líneas curvas para crear los hundimientos del estómago, el pecho y la cara, de modo que el thestral parezca más huesudo. A continuación, dibuja unas crestas en la columna vertebral y las espinas de las alas, el hocico y los tobillos. ¡No te olvides de la boca!

7 Traza más líneas curvas para dibujar las costillas, las rodillas y los detalles de las pezuñas y el cuello. Luego sombrea el agujero de la nariz y el ojo.

8 Esboza los huesos de las alas usando grandes líneas curvas. Fíjate en que todas las líneas empiezan en el mismo punto y terminan en puntos diferentes del ala.

9 Duplica las líneas de los huesos del ala. A continuación, añade los huesos que recorren el borde superior de cada ala y dibuja unas líneas curvas donde el ala frontal conecta con el cuerpo.

10 ¡Ya lo tienes! Los thestrals tienen la piel lisa y oscura. ¿Qué materiales usarás para que su piel se vea brillante y fantasmal?

DOBBY

Dobby, el elfo doméstico, al principio trabajaba para los Malfoy, pero era muy leal a Harry Potter y sus amigos, porque Harry siempre lo trató con amabilidad. Incluso engañó a Lucius Malfoy para que le diese un calcetín, y así Dobby quedó en libertad en la segunda peli. ¿Y tú? ¿Sabes algún truco de dibujo?

1 La cabeza de Dobby empieza con un rectángulo con las esquinas redondeadas. Divídelo con dos líneas que se crucen en el centro.

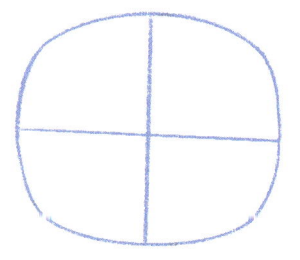

2 Dibuja una especie de barril para el cuerpo de Dobby: traza una línea recta y alargada arriba y otra más corta debajo, y únelas por los lados con unas líneas curvas. Luego traza dos líneas de guía rectas que se crucen cerca de la parte superior.

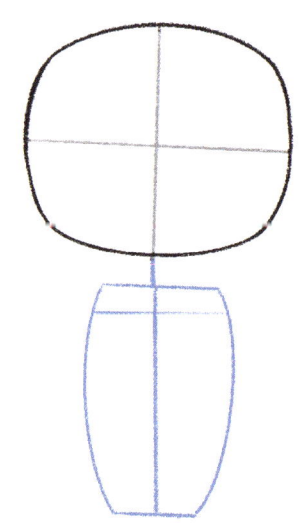

44

3 Traza unas líneas rectas para los brazos y las piernas, y unos círculos para los codos. ¿Qué formas usarás para los pies de Dobby?

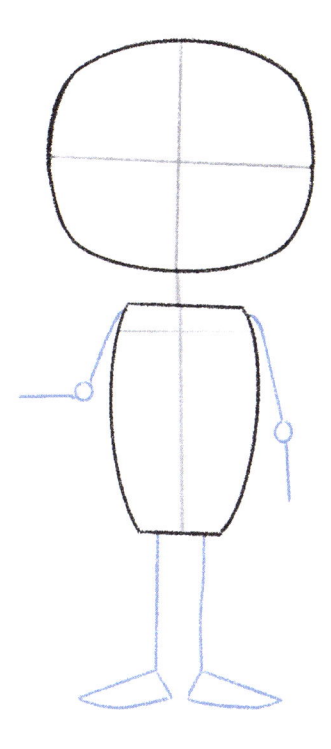

4 Esboza las formas básicas de las manos de Dobby. Una parece un diamante y la otra comienza con unos dedos en forma de lágrima. Usa otra línea curva para empezar el calcetín.

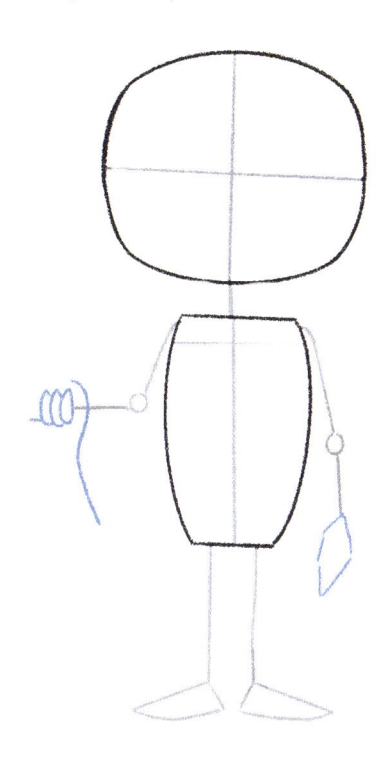

5 Dibuja las formas básicas de las orejas. ¿A qué te recuerdan? Luego dibuja el contorno del cuerpo de Dobby. Su ropa tiene forma rectangular, pero las líneas de los brazos, las piernas y los dedos de las manos y los pies son curvas. ¡No te olvides del calcetín!

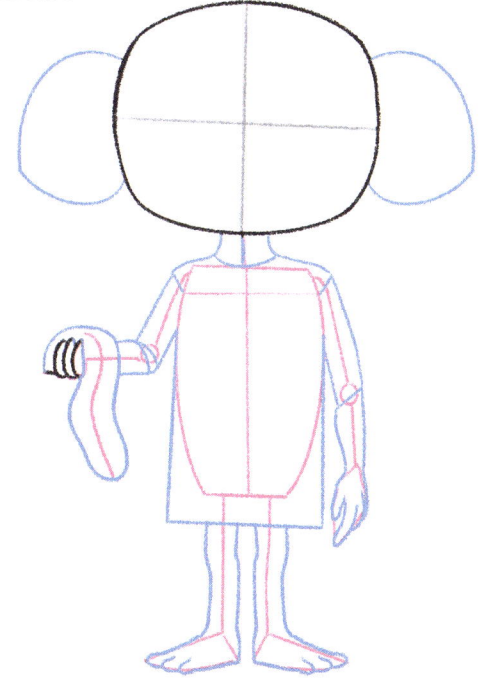

6 Traza dos círculos grandes para los ojos de Dobby. Asegúrate de que la línea de guía horizontal quede en el centro de los ojos. Luego esboza el nudo que tiene en el hombro usando líneas curvas y dentadas.

7 Vuelve a dibujar algunos de los contornos para darles más forma. Combina líneas curvas y dentadas para que su ropa parezca vieja y desgastada. ¡Acuérdate de añadir las arrugas de las orejas!

8 Completa los ojos de Dobby y dibuja los detalles de su cara. Puede resultarte útil escoger un punto de partida (como la nariz) y luego dibujar todos los detalles que hay a su alrededor. Al terminar, borra las líneas de guía que queden.

9 Añade más detalles, como las líneas curvas de las orejas, las rayas de las rodillas y todas las líneas curvas de la ropa.

10 Borra las líneas que sobren y los borrones. A continuación, échate un poco hacia atrás para observar mejor tu dibujo. ¿Dónde dibujarás a Dobby ahora que se ha liberado de los Malfoy?

VOCIFERADOR

Un vociferador es un mensaje mágico que te grita con la voz de la persona que te lo ha mandado. El pobre Ron recibió uno en la segunda peli cuando su madre se enteró de que Harry y él habían cogido prestado el coche volador del señor Weasley para ir a Hogwarts. Por suerte, a ti nadie te mandará uno si cometes algún error mientras haces este dibujo. Al fin y al cabo, ¡cometer errores es una manera fantástica de aprender nuevas técnicas de dibujo!

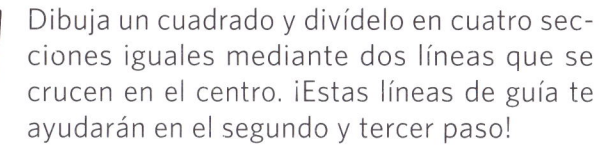

1 Dibuja un cuadrado y divídelo en cuatro secciones iguales mediante dos líneas que se crucen en el centro. ¡Estas líneas de guía te ayudarán en el segundo y tercer paso!

2 Trabaja por secciones y ve trazando las líneas rectas para crear el contorno. Te puede resultar útil tapar las otras secciones con una hoja de papel mientras trabajas.

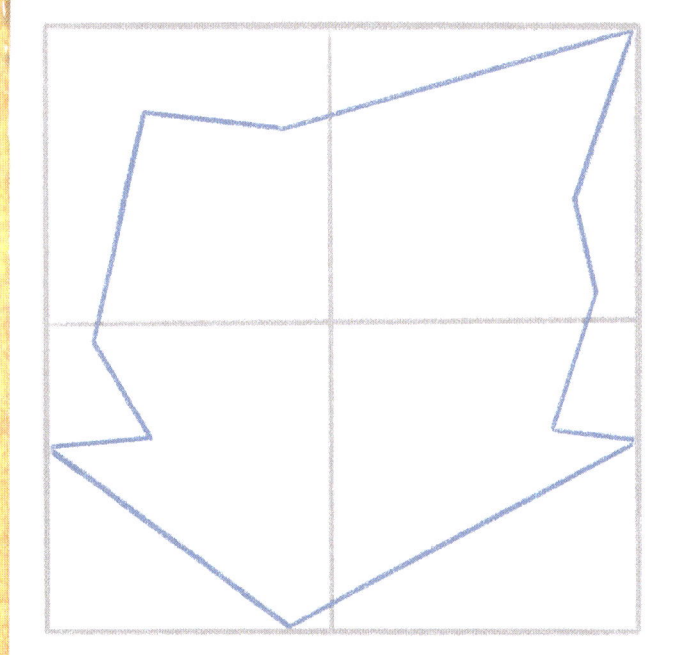

3 Ahora toca empezar con los pliegues de la boca del vociferador. Para simplificar este paso, trabaja en secciones para trazar las líneas rectas y curvas.

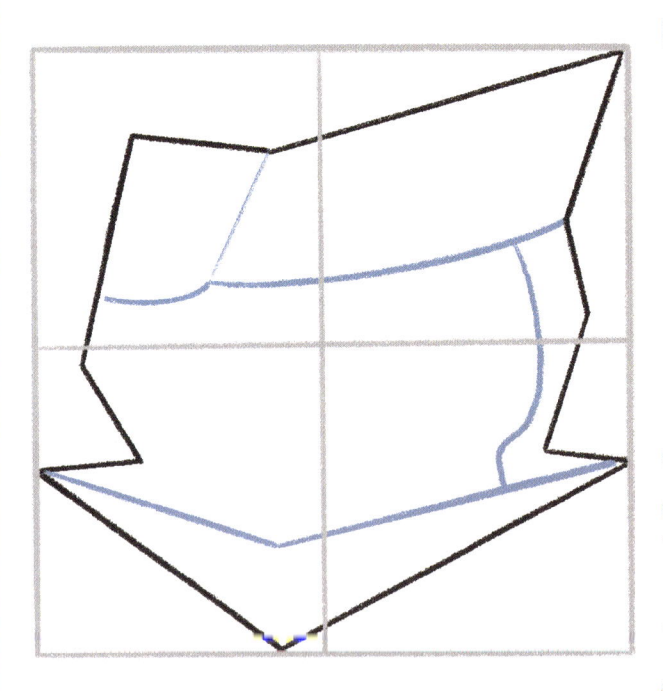

4 Dibuja las solapas del sobre en las dos secciones superiores: una que parezca una medialuna y la otra que parezca una V del revés. Traza dos líneas curvas en las secciones inferiores para conectar el resto de las formas.

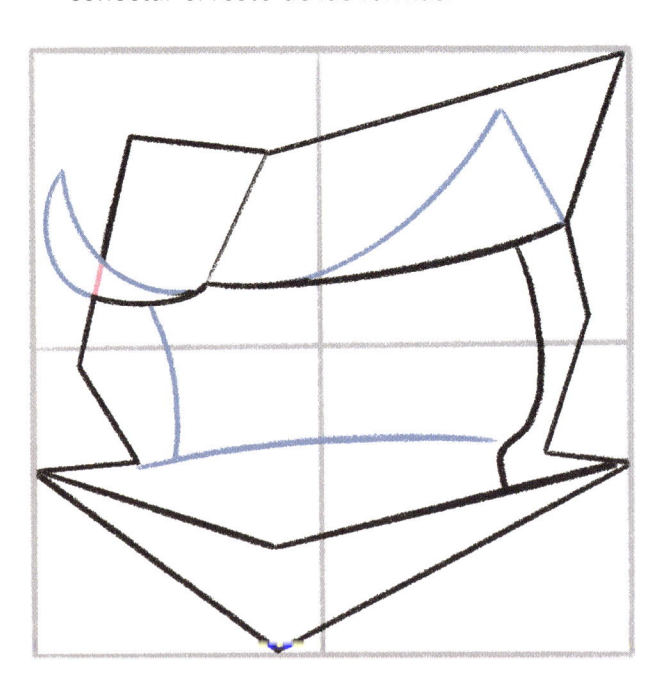

5 Traza unas líneas en zigzag para crear las dos filas de dientes puntiagudos. Luego traza una línea curva corta sobre cada solapa en la parte superior del vociferador. Borra las líneas de guía que has hecho en el primer paso.

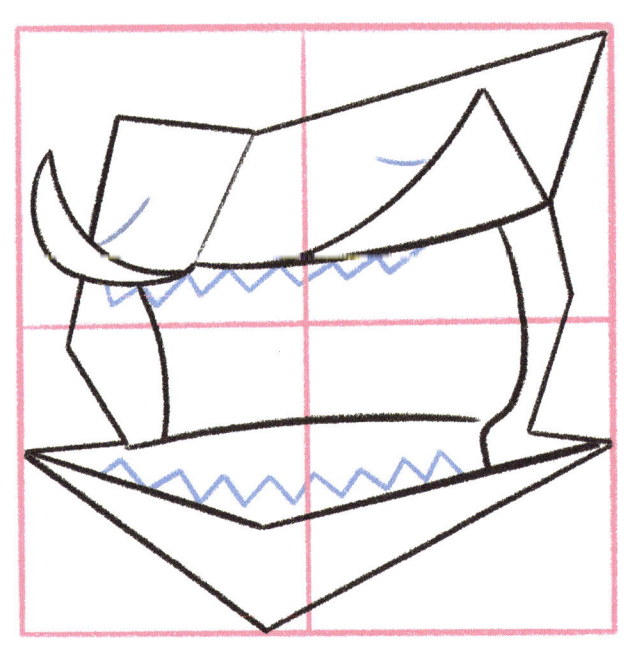

6 Para que los dientes parezcan tridimensionales, traza una línea corta que salga de la punta de los zigzags que acabas de hacer. Para los dientes superiores, conecta estas líneas con otra línea en zigzag. En la parte inferior, conéctalas con una curva.

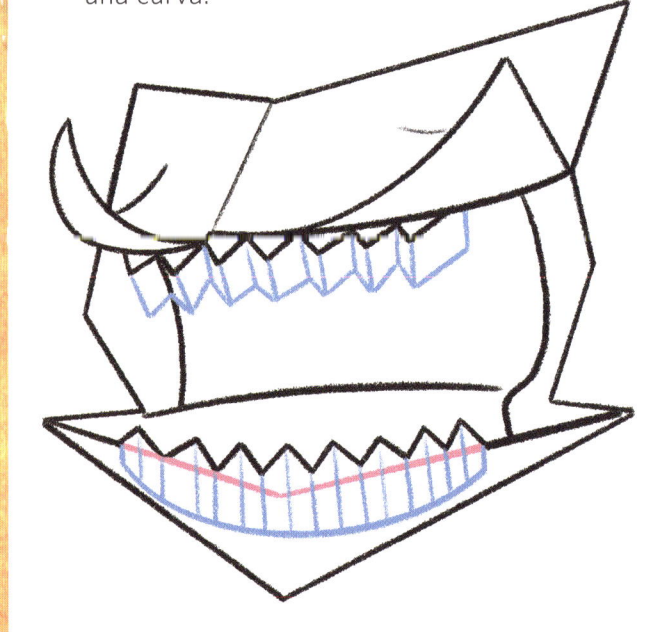

48

7 Dibuja una línea serpenteante para la lengua. Tiene que hundirse en el centro. Luego dibuja una V al revés en un extremo y una línea corta recta en el otro.

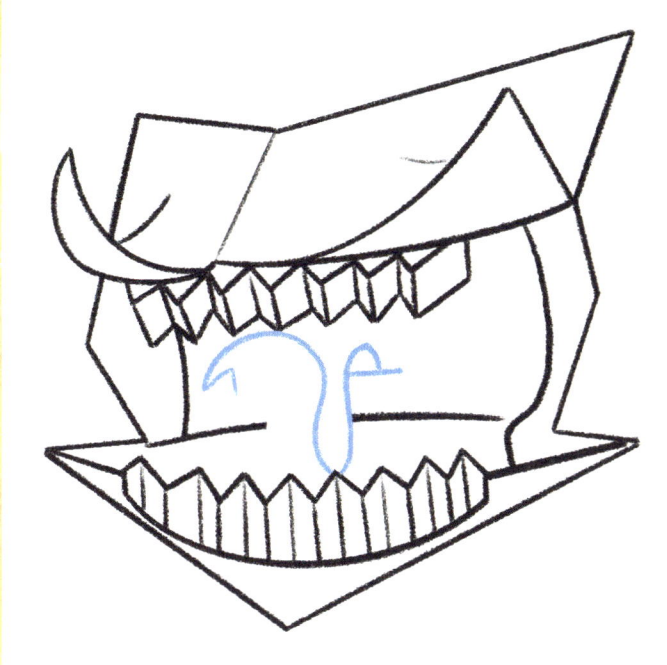

8 Traza dos líneas curvas más para conectar las formas de la lengua. A continuación, añade algunas líneas rápidas para crear los detalles del fondo del vociferador.

9 Sombrea el vociferador y pinta el sobre de color rojo. ¿Qué dirá tu primer mensaje y a quién se lo mandarás?

EL MONSTRUOSO LIBRO DE LOS MONSTRUOS

¡El monstruoso libro de los monstruos muerde! Por suerte, en la tercera peli Hagrid enseña a sus alumnos de Cuidado de Criaturas Mágicas un truco para abrir el libro: ¡acariciarle el lomo! Si te parece que tú también morderás a alguien por culpa de este dibujo, tómate un descanso. Pasear, beber agua o salir de la habitación un rato puede ayudarte a encontrar la solución a tus dilemas de dibujo.

1 Primero dibuja un rectángulo alargado y delgado que esté un poco inclinado. Luego traza dos líneas inclinadas que salgan de las esquinas superiores del rectángulo y une estas dos líneas con otra línea recta, así formarás una caja.

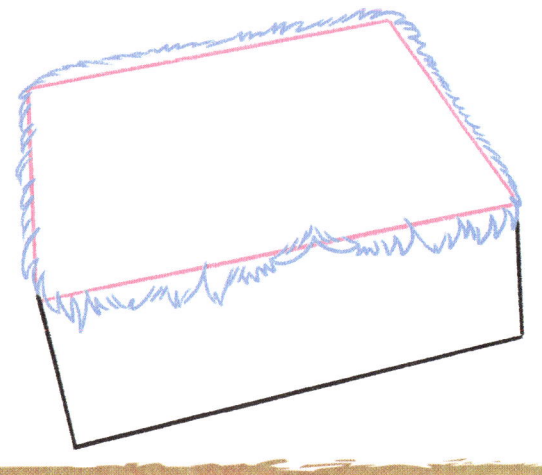

2 Como la cubierta del libro es peluda, combina líneas onduladas con formas que parezcan las letras V y W para crear el pelaje. Asegúrate de reservar una parte delante para la boca.

3 Dibuja un tentáculo alargado y curvado a cada lado de la parte que has dibujado en el segundo paso. A continuación, añade tres tentáculos más pequeños en cada lado.

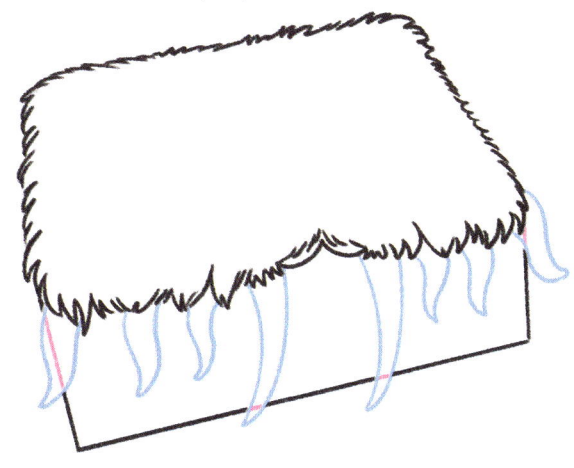

4 ¡A por los dientes! Para empezar a dibujar la boca, añade una hilera de dientes pequeñitos entre los tentáculos del tercer paso: primero traza cinco líneas verticales onduladas y luego dibuja un triángulo mirando hacia abajo entre cada par de líneas.

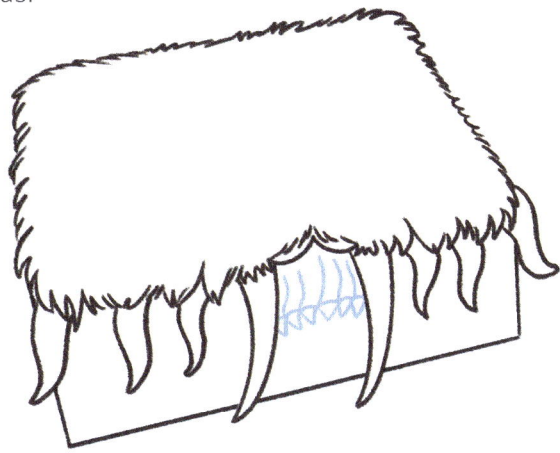

5 Para los ojos, empieza con un pentágono. La punta inferior debería tocar la parte superior de la boca. Traza una línea curva para dividir la forma y, a continuación, dibuja cuatro círculos sobre la curva.

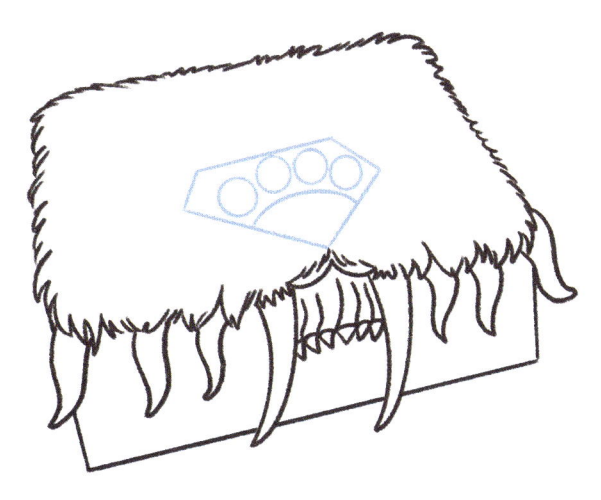

6 Traza unas líneas curvas cortitas para que los bordes del pentágono parezcan peludos. Luego traza una línea ondulada encima de los círculos. Dibuja la nariz debajo de la curva usando más líneas curvas y sombréala. Borra las líneas rojas.

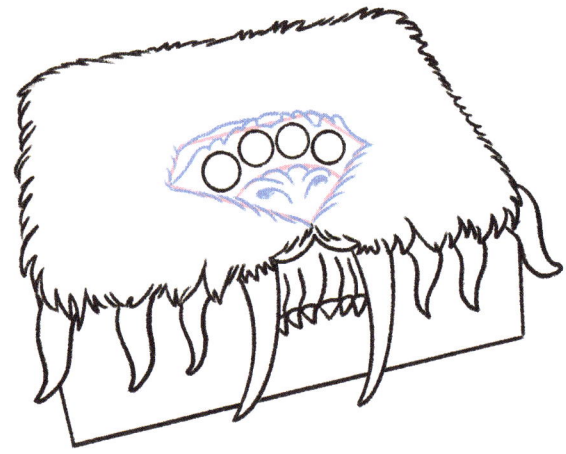

7 Dibuja cinco tentáculos curvados en la parte inferior, como ya has hecho en el tercer paso, y deja espacio en un lado para la lengua. Luego dibuja una medialuna debajo de la boca y añade varios dientes en forma de lágrima a lo largo de la línea curva.

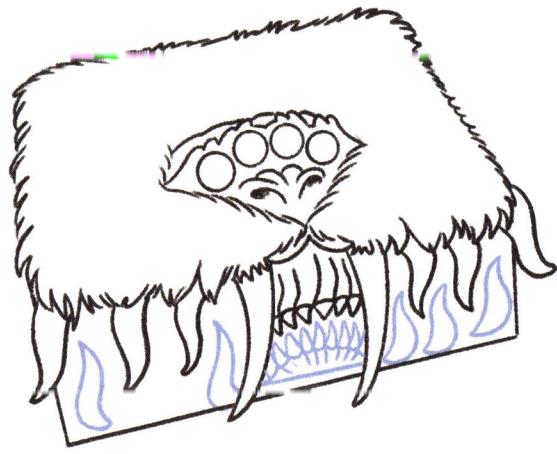

8 Fíjate bien en este dibujo. ¿Qué tipo de líneas trazarás para conseguir que la parte inferior del libro parezca peluda? ¿Qué tipo de líneas dejarán entrever las páginas que se esconden tras los tentáculos?

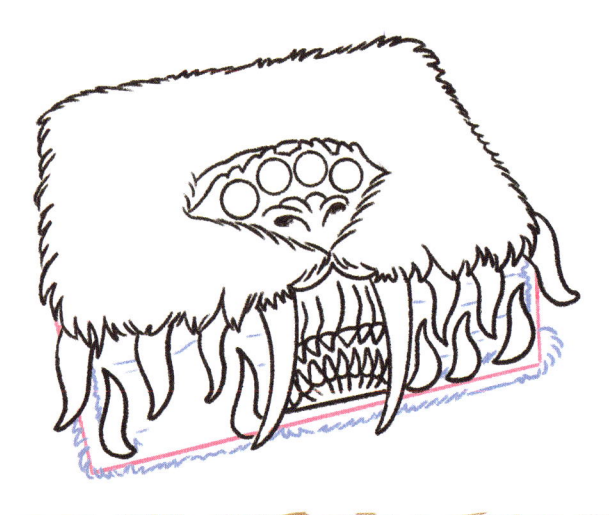

52

9 Traza unas líneas curvas para dibujar una lengua bífida en el espacio que hay entre los tentáculos y borra las líneas del pelaje que se solapen con la lengua. Luego sombrea los ojos, pero deja un reflejo en blanco en el mismo lugar en cada ojo.

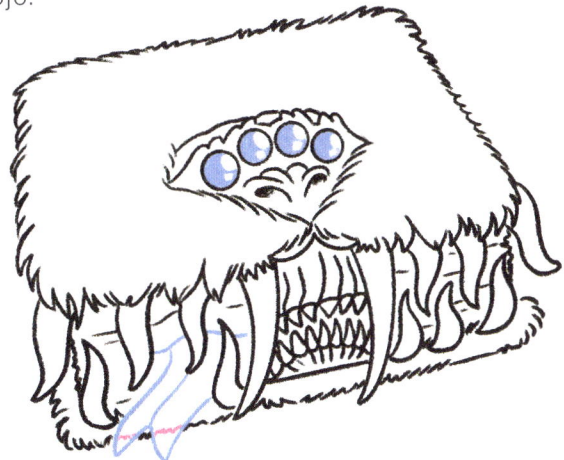

10 Traza varias líneas cortas juntas para crear la textura del pelaje. Algunas de estas líneas parecerán la letra W, mientras que otras parecerán rayas.

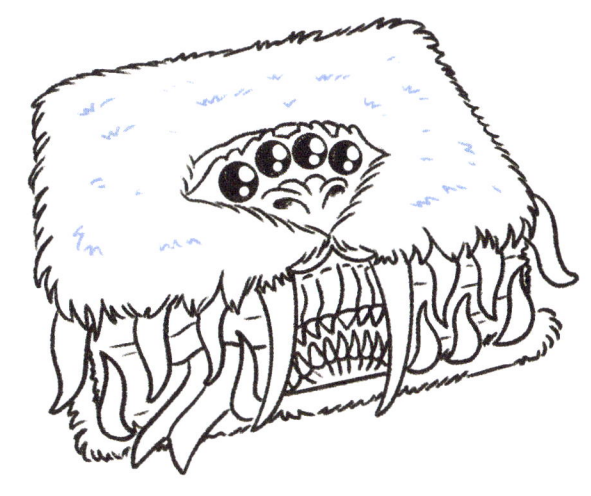

11 ¡Prepárate para leer! Borra cualquier borrón que haya quedado y repasa los contornos usando un rotulador negro de punta fina. ¿Qué colores usarás para que este libro cobre vida?

53

EL ESCUDO DE GRYFFINDOR

Los alumnos de Gryffindor, como Harry, Ron y Hermione, son famosos por su coraje, su valentía y su determinación. ¿Y tú? ¿Eres tan valiente como para enfrentarte a todas las líneas y los ángulos rectos de este escudo? Un consejo para trazar líneas rectas: dobla el papel en cuatro secciones y guíate por los pliegues, o usa como referencia una herramienta como una regla, un borde recto o la esquina de un libro o una caja.

1 Dibuja un rectángulo alargado y divídelo en dos rectángulos pequeños en la parte superior y dos rectángulos alargados en la inferior. Estas líneas te ayudarán a hacer el contorno del escudo.

2 Traza una línea curva dentro de cada rectángulo pequeño. A continuación, haz lo mismo en la parte inferior de los rectángulos alargados.

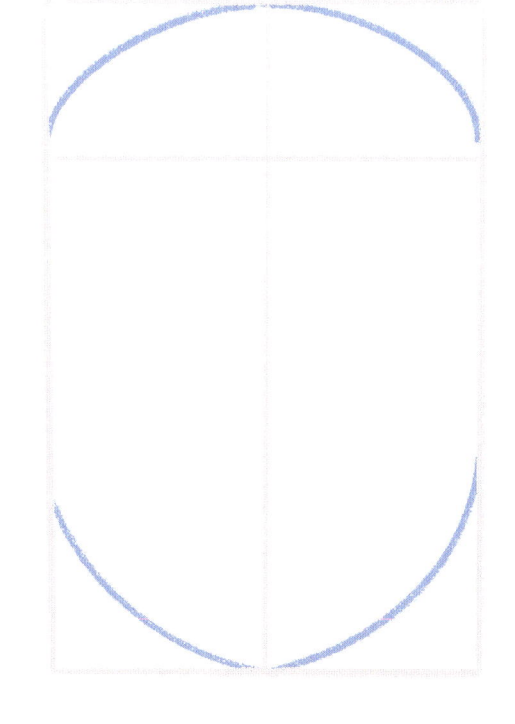

3 Traza unas líneas curvas para darle forma a la parte superior del escudo. Intenta que las líneas de la derecha y de la izquierda sean iguales.

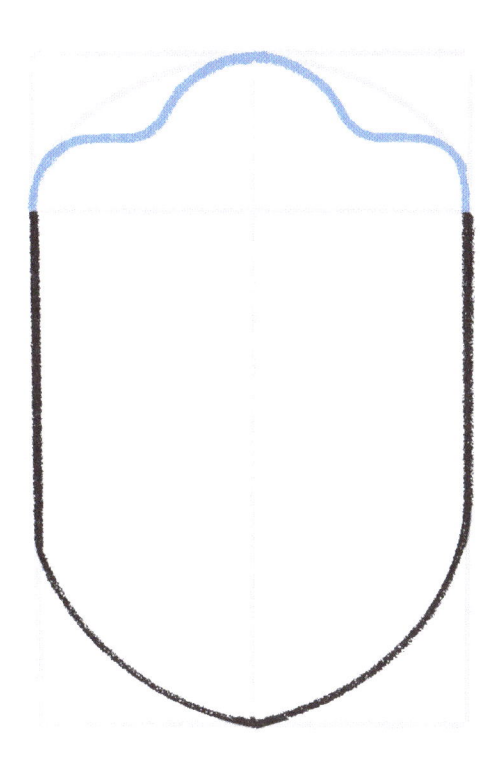

4 Traza una línea que siga el contorno del escudo. Así parecerá un marco. Luego borra las líneas de guía de los primeros dos pasos.

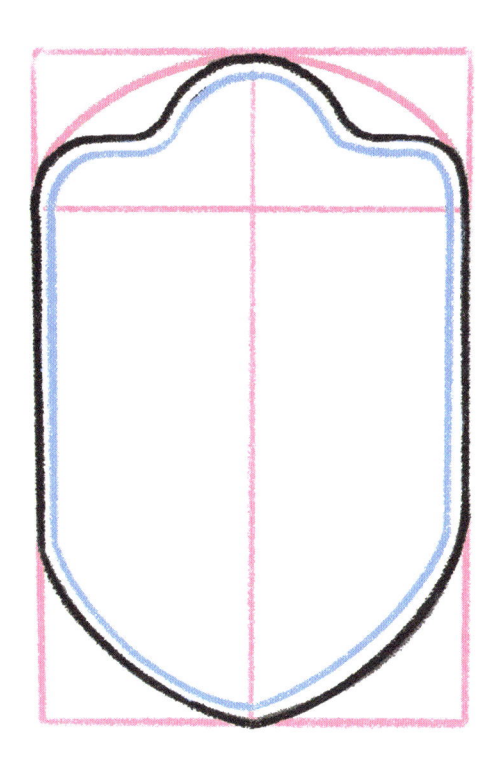

5 ¡Ya lo tienes! Podrás usar esta base para dibujar el escudo de las demás casas en las páginas 58, 60 y 62.

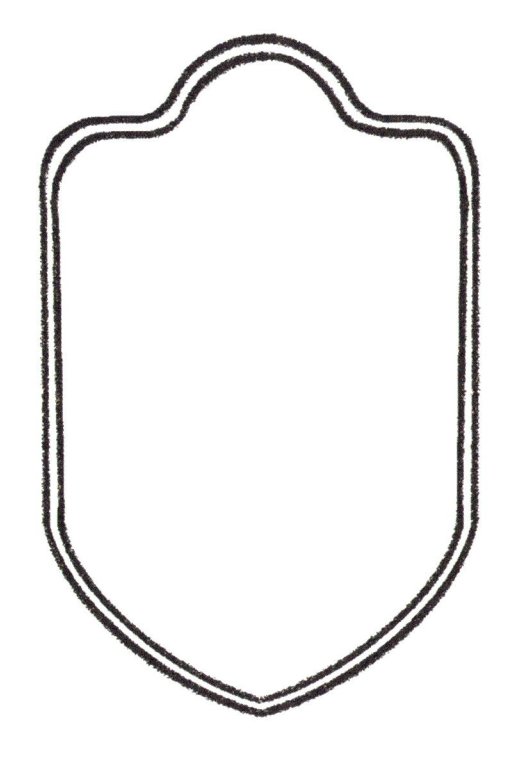

6 Para el escudo de Gryffindor, dentro del contorno del quinto paso dibuja la forma básica de un león: un trapecio para la cabeza y dos óvalos para el cuerpo, todo ello unido con dos líneas rectas.

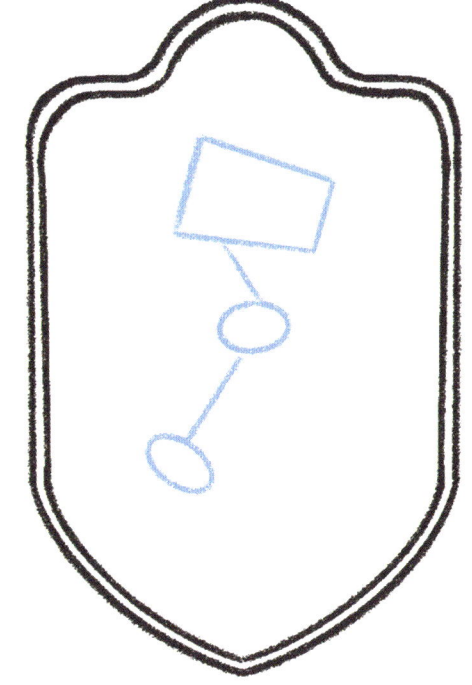

7 Usa líneas curvas para esbozar con suavidad las cuatro patas y la cola. Imagínate que esta figura es el esqueleto del león.

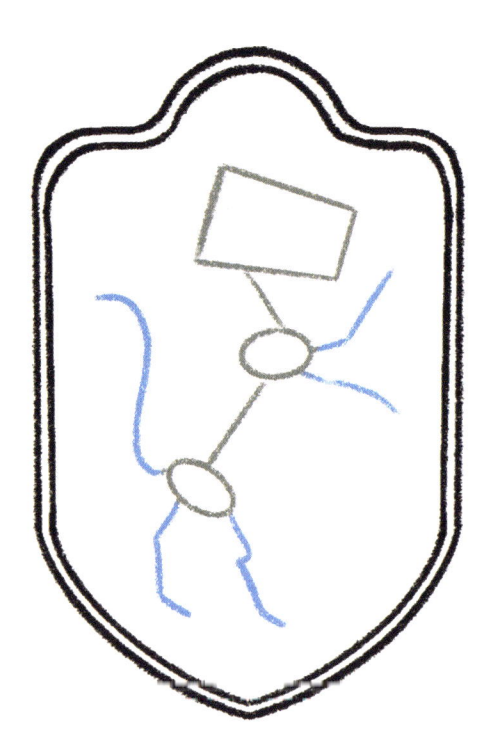

8 Dibuja el contorno del león alrededor de la figura básica que acabas de hacer y añade un triángulo al final de la cola. Luego borra las líneas que ya no necesites.

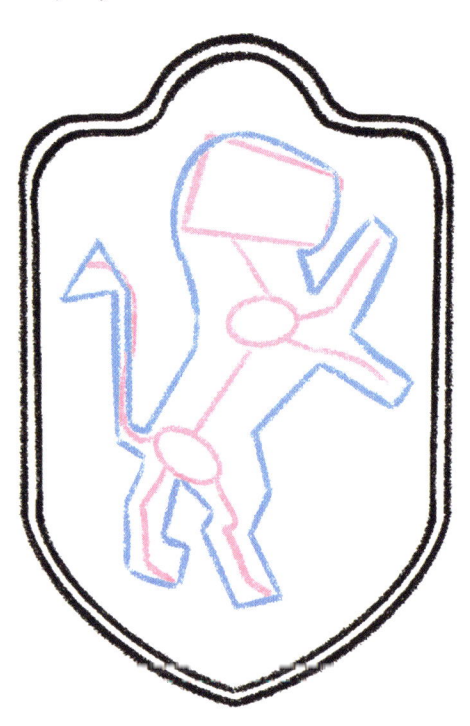

9 Redondea los bordes del león. Dibújale el ojo y la boca abierta, rugiendo. Usa líneas dentadas para el pelaje de la cola y la melena.

10 En la esquina inferior derecha del escudo, traza las líneas de guía para la letra G: primero dibuja un cuadrado y luego divídelo en cuatro secciones iguales.

11 Dibuja una G mayúscula muy elegante dentro de la caja del paso anterior. Para que te resulte más fácil, trabaja por secciones. Al terminar, borra las líneas de guía.

12 ¡Tu valentía ha valido la pena! Para terminar el escudo de Gryffindor, píntalo con los colores de la casa: el rojo y el dorado. ¡Ahora intenta dibujarlo en la bufanda de Harry, Hermione o Ron!

EL ESCUDO DE SLYTHERIN

Los alumnos de Slytherin, como Draco Malfoy, son famosos por su orgullo, astucia y ambición. ¿Quieres dibujar un escudo de Slytherin que te llene de orgullo? Un consejo: intenta no apretar demasiado el lápiz, porque entonces te costará más trazar todas las líneas curvas alargadas de la serpiente de Slytherin. ¡Practica estas líneas en un papel aparte hasta que veas la diferencia! Luego vuelve a las páginas 54-55 y sigue las instrucciones para hacer el contorno del escudo.

1 Dibuja un óvalo en el centro del escudo y divídelo en varias secciones usando líneas verticales y horizontales. Las dos secciones superiores tendrían que ser más grandes que las demás.

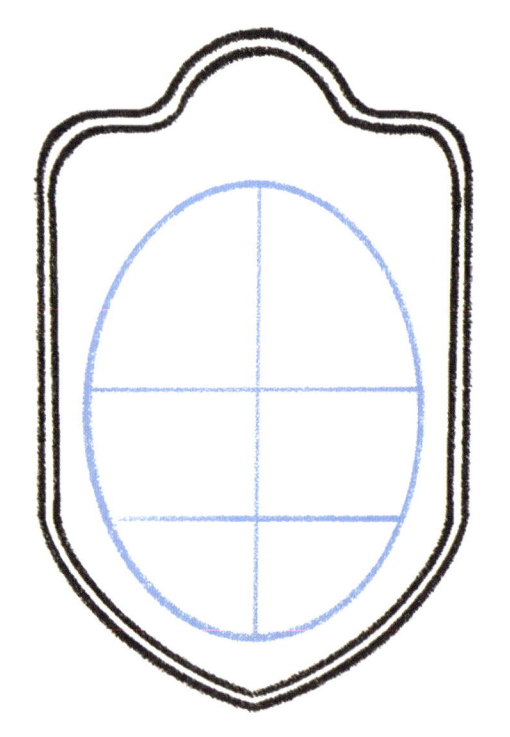

2 Empezando en la sección izquierda superior, dibuja la columna de la serpiente. Esta línea ondulada baja por el lado izquierdo del escudo, sigue el borde inferior, da una vuelta en el medio y termina subiendo de nuevo.

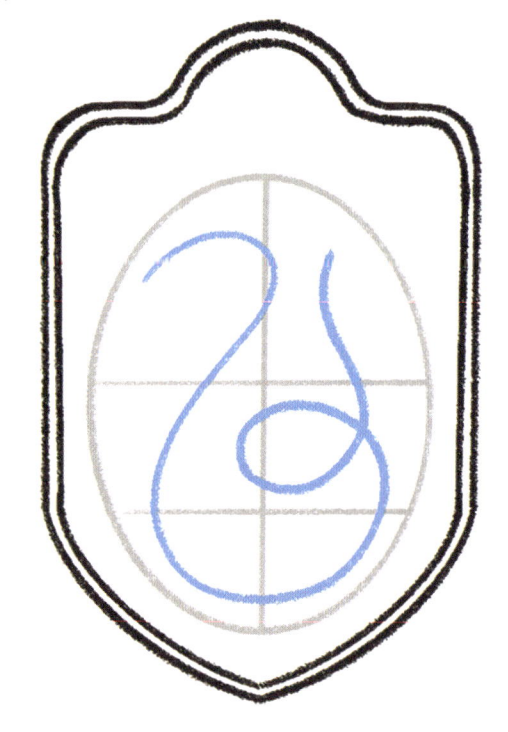

3 Dibuja el contorno del cuerpo siguiendo la columna que has hecho en el segundo paso. Las líneas se solaparán en el punto donde la serpiente se enrosca. Al terminar, borra las líneas de guía rojas.

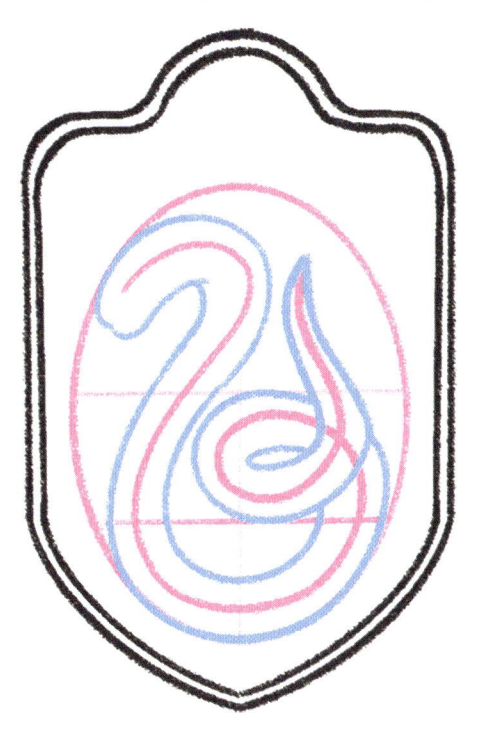

4 Dibuja un ojo, una línea curva para la boca y la lengua bífida. Luego dibuja un cuadrado en la esquina superior derecha del escudo y divídelo en cuatro secciones con dos líneas rectas que se crucen.

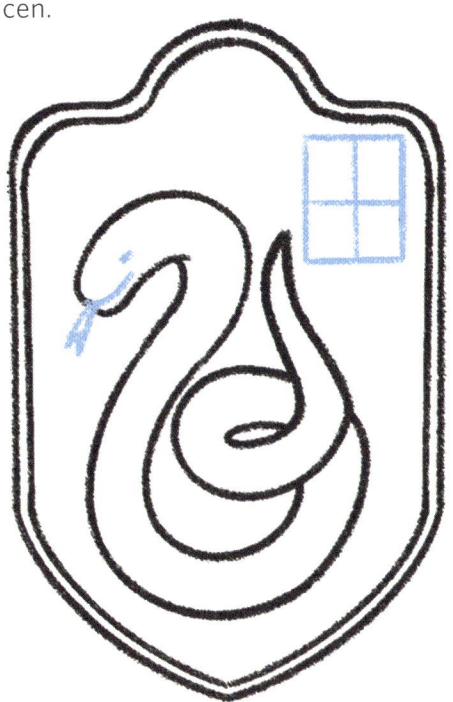

5 Dibuja la S de Slytherin dentro de las líneas de guía del cuarto paso. Puedes trabajar de sección en sección o bien dibujar la S entera. Borra las líneas de guía cuando termines.

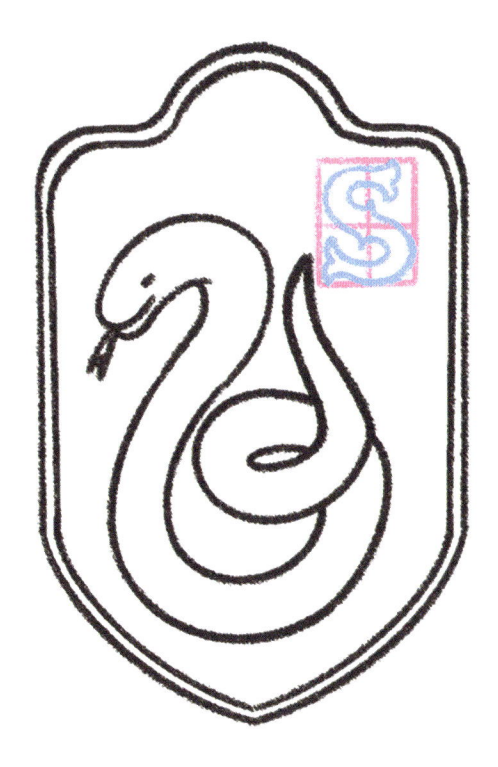

6 El escudo de Slytherin brilla en diferentes tonalidades de verde y plateado. ¡Usa los lápices de colores o rotuladores para que tu escudo reluzca!

EL ESCUDO DE RAVENCLAW

Los alumnos de la casa de Ravenclaw de Hogwarts destacan por su ingenio, su sabiduría y su pasión por el aprendizaje. La casa la fundó Rowena Ravenclaw, y entre sus numerosos alumnos encontramos a Luna Lovegood. Para dibujar el escudo de Ravenclaw, sigue los pasos 1-5 de las páginas 54-55 para hacer la forma básica. ¡Luego prepárate para dibujar el animal de la casa, el cuervo!

1 Para hacer la cabeza del cuervo, traza un círculo dentro del escudo. Pegado a él, dibuja un óvalo sin completar para el cuerpo y luego traza dos líneas que salgan de la parte superior del óvalo, que serán las alas.

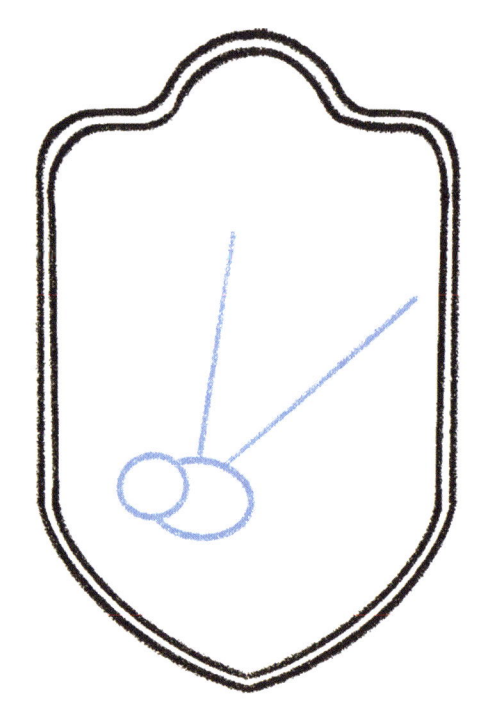

2 Esboza el resto de las formas básicas del pájaro. El ala derecha y la cola parecen una L mayúscula, y el ala izquierda queda escondida detrás de ellas. Usa triángulos para el pico y la pata.

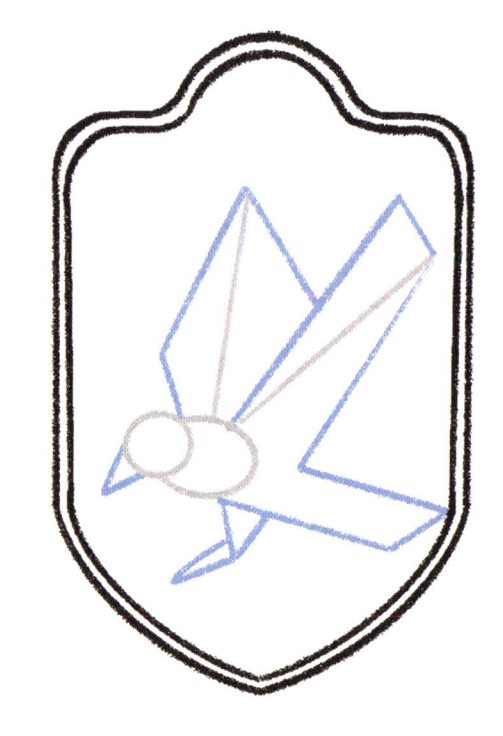

3 Dale forma al contorno para que tu dibujo se parezca más a un pájaro. Usa líneas onduladas alrededor de las alas para crear las plumas y traza líneas curvas para las garras, el pico y la cabeza. Luego borra las líneas que ya no necesites.

4 Dibuja un pequeño cuadrado en la esquina superior izquierda del escudo y divídelo en cuatro secciones. ¡Estas líneas de guía te ayudarán a dibujar la R de Ravenclaw!

5 Dibuja una R mayúscula muy elegante dentro de la caja del cuarto paso. Puedes dibujarla de golpe o bien dibujar las líneas de sección en sección. Cuando termines, borra las líneas de guía rojas.

6 ¡A pintar! Los colores de esta casa son el azul y el plateado. Si no tienes un lápiz plateado, usa tu inteligencia de Ravenclaw para mezclar los colores que tengas y ver qué funciona mejor.

EL ESCUDO DE HUFFLEPUFF

¿Valoras la dedicación, la paciencia y la lealtad? ¡Pues seguramente te llevarías muy bien con los alumnos de Hufflepuff, como Cedric Diggory y Justin Finch-Fletchley! Tu bondad te resultará muy útil para dibujar el tejón de Hufflepuff y continuar desarrollando tus habilidades de dibujo, pero primero vuelve a las páginas 54-55 para dibujar la base del escudo.

1 Para empezar, dibuja la figura básica de un tejón: usa un óvalo grande para la cabeza y dos más pequeños para el cuerpo, y conéctalos con unas líneas curvas, que serán la columna vertebral.

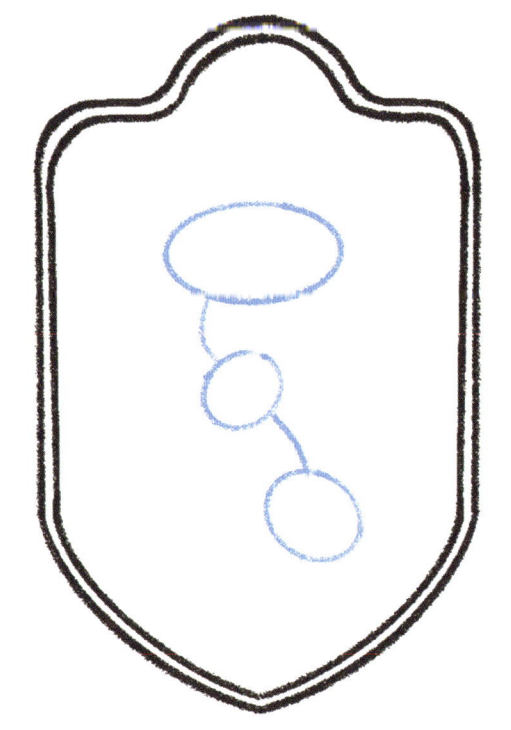

2 Añade más líneas para las cuatro patas y la cola.

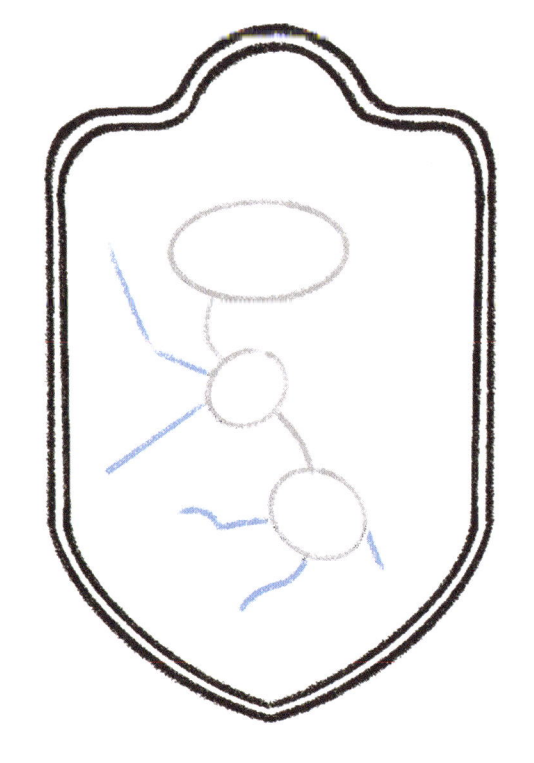

3 Traza varias líneas rectas para dibujar el contorno del tejón alrededor de la figura básica de antes. Las líneas tienen que ser suaves y generales. Luego borra las líneas de guía de los pasos anteriores.

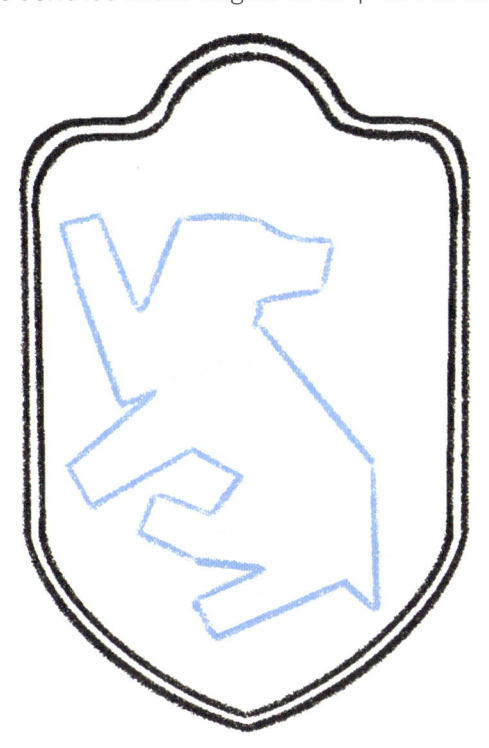

4 Ahora redondea los bordes y las líneas rectas del tejón. Usa líneas dentadas para marcar las garras, la cola y el pelaje. ¡No te olvides de añadir el ojo!

5 Traza las líneas de guía para la H de Hufflepuff en la esquina superior derecha del escudo: empieza con un cuadrado y divídelo en cuatro secciones con unas líneas que se crucen.

6 Dibuja una H elegante dentro de la caja del paso anterior. Puedes dibujarla trabajando de sección en sección o bien hacerla de golpe. Luego borra las líneas de guía.

7 Pinta el escudo con los colores clásicos de Hufflepuff: el amarillo y el negro. ¿Cómo presumirás de tus habilidades para colorear?

Harry Potter

¿Te atreves a dibujar al joven mago más famoso de Hogwarts? Toma nota de este consejo mágico: todos los dibujos de personas de este libro empiezan igual, ¡con un monigote! Esto te ayudará a ajustar la posición de la persona antes de añadir los detalles. En este dibujo Harry está de pie quieto, pero podrás usar esta misma técnica para dibujar a magos y brujas en cualquier posición: corriendo, volando... ¡o lanzando un hechizo!

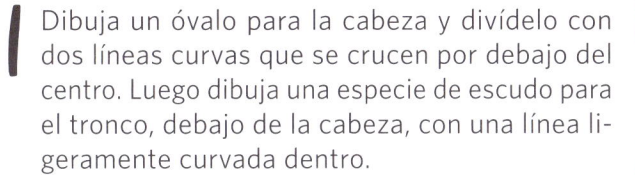

1 Dibuja un óvalo para la cabeza y divídelo con dos líneas curvas que se crucen por debajo del centro. Luego dibuja una especie de escudo para el tronco, debajo de la cabeza, con una línea ligeramente curvada dentro.

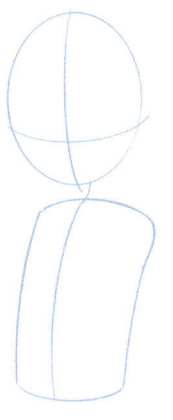

2 Esboza los brazos, las piernas y los pies triangulares, como si dibujaras un monigote, y traza unos círculos para las articulaciones (hombros, codos, muñecas, rodillas y tobillos). Harry lleva las manos en los bolsillos, así que tiene los brazos doblados.

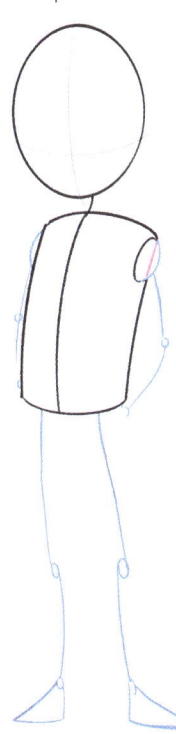

3 Dibújale una aureola alrededor de la cabeza, que será el pelo, y dos círculos para los ojos, que están sobre la línea de guía horizontal. Luego usa una combinación de óvalos y líneas rectas para ensanchar los brazos, las piernas y el cuello.

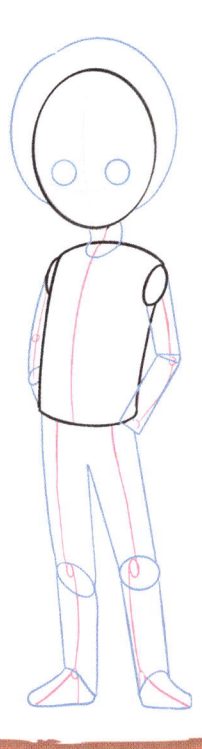

4 Cuando tengas la estructura del cuerpo, dibuja el contorno de los pantalones, la túnica y el cuello del jersey. A continuación, usa varias V para dibujarle el flequillo despeinado.

5 Para los ojos, empieza dibujando dos círculos más pequeños dentro de los círculos del tercer paso y traza una línea horizontal en el centro de cada ojo. Los párpados y las cejas tienen forma de medialuna. Por último, añade la boca, la nariz... ¡y la cicatriz en forma de rayo!

¡VE A LA PÁG. 6 PARA VER DE CERCA LOS OJOS DE HARRY!

6 ¡Las líneas son mágicas! Con dos líneas rectas, crea una V para la manga de Harry. Del interior del codo salen unas líneas curvas cortas para marcar los pliegues de la parte superior de la túnica, y con unas líneas curvas más lo despeinarás un poco.

7 Añade los detalles de la ropa de Harry mediante líneas curvas y algunos sombreados. Cuando sombrees la mitad superior de los ojos, deja unos círculos minúsculos en blanco. Las gafas de Harry son dos círculos grandes unidos por una línea cortita.

8 ¡Ya has dibujado a Harry Potter! Para pulir el dibujo, borra las líneas que sobren y los borrones. Si quieres, repasa el contorno con un rotulador de punta fina negro. ¡Ahora prepara el rojo y el dorado de Gryffindor y ponte a pintar!

RON WEASLEY

Ha llegado el momento de dibujar al mejor amigo de Harry, un chico leal, valiente y divertido: Ron Weasley. Hay muchas similitudes entre el dibujo de Ron y el de Harry... y también muchas diferencias. ¡Igual que sus personalidades! Te puede resultar útil fijarte en los dibujos del resto de los personajes mientras estás trabajando. ¡Comparar dos dibujos va genial para aprender!

1 Empieza con un óvalo para la cabeza de Ron y una especie de escudo para el tronco. Luego añade unas líneas de guía curvas para la cara y la columna. Fíjate en que el tronco tiene las esquinas un poco redondeadas.

2 Esboza los brazos y las piernas con líneas simples y añade óvalos para los hombros, los codos y las rodillas. ¿Qué formas básicas puedes usar para dibujar el puño y los pies? (¡Quizá necesites formas diferentes para cada uno!)

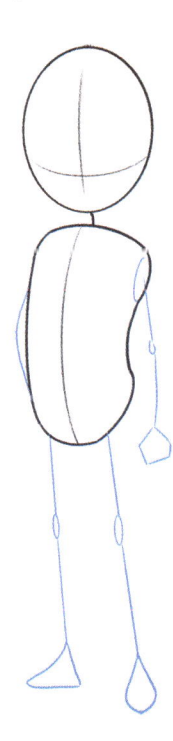

3 Usa óvalos y líneas rectas para ensanchar los brazos, las piernas y el cuello. Luego añade un círculo para cada ojo y una aureola para el pelo. Dibuja una T mayúscula en la mano para crear el puño. Al terminar, borra las líneas rojas.

4 Da forma al contorno del tercer paso para que parezca que Ron lleva pantalones, un jersey y zapatos. Para la oreja, dibuja una medialuna con una curva dentro, y añade varias V poco definidas para el pelo.

5 ¡A dibujar la cara! Vuelve a la página 6 para ver algunos consejos para dibujar ojos. ¿Ves que Ron tiene las cejas arqueadas? ¡No te olvides de dibujarle pecas en la nariz!

69

6 Sombrea la parte superior de los ojos y luego añade los detalles del pelo y la ropa. Traza líneas curvas para el cuello de la camisa y el pelo revuelto, líneas rectas para ajustarle el jersey, y líneas diagonales para los pantalones y la corbata.

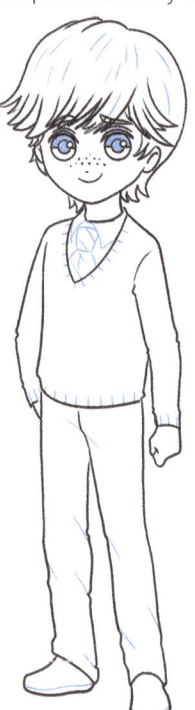

7 Pule los contornos y borra las líneas que sobren y los borrones. ¡A colorear! Recuerda que los Weasley son famosos por ser pelirrojos. Ahora ¿en qué aventuras mágicas dibujarás a Ron?

HERMIONE GRANGER

Hermione Granger es la mejor de su clase y una gran amiga de Harry y Ron a lo largo de todas las películas, pero incluso ella se equivoca cuando está aprendiendo nuevos hechizos. ¿Te cuesta empezar un dibujo nuevo porque crees que tiene que quedar perfecto? Para relajarte, haz un montón de esbozos rápidos de Hermione en un papel aparte antes de empezar. ¡Cuanto más imperfectos sean, mejor!

1 Dibuja un óvalo para la cabeza y las líneas de guía de la cara. Hermione tiene el cuerpo un poco girado, así que un lado del tronco debería ser más largo. Luego dibuja un óvalo para el hombro.

2 Traza unas líneas curvas en los hombros, unas líneas rectas para los brazos y las piernas, y unos óvalos para los codos y las rodillas. ¿Ves que un brazo está doblado por el codo? ¿Qué formas usarás para los pies?

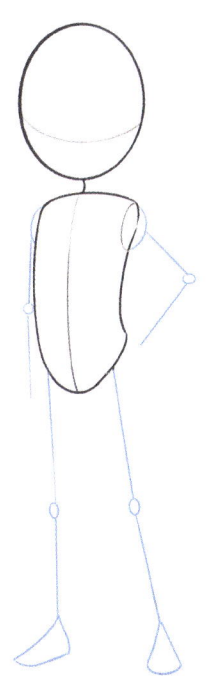

3 Dibuja dos círculos para los ojos sobre la línea de guía que has hecho en el primer paso. Luego esboza las formas básicas del pelo.

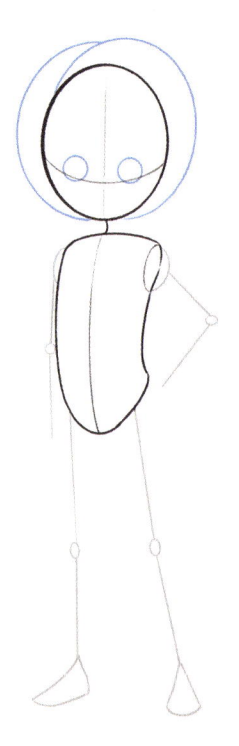

4 Usa líneas rectas y curvas para ensanchar el contorno del cuerpo. Fíjate en que se ve una V de lado en el codo doblado y una W en la mano que está apoyada en la cadera. Borra las líneas de guía antiguas.

5 Dibuja los contornos del pelo y la ropa. El flequillo se puede hacer con varias W y V irregulares, pero las líneas de los rizos son más suaves y onduladas. Borra las líneas que ya no necesites.

6 ¡Ahora toca dibujar la cara! Si quieres algún consejo para dibujar ojos, vuelve a la página 6. Para la falda, traza una línea curva sobre cada rodilla y varias líneas rectas alargadas para marcar los pliegues.

7 ¿Cuántas V diferentes ves en el cuello de la camisa, la corbata y el jersey de Hermione? Úsalas para ayudarte a dibujar los detalles de la ropa.

8 Sombrea la mitad superior de los ojos y también los párpados, y luego añade los detalles del pelo. Fíjate en cómo se conectan entre sí las líneas curvas de los rizos.

9 Añade los detalles finales, como las líneas curvas de los hombros y del pliegue del brazo. Traza unas líneas cortitas en la cinturilla y el puño del jersey.

10 Pule el dibujo y repasa los contornos con un rotulador de punta fina negra. ¡Y a pintar! Ahora ¿en qué aventuras mágicas dibujarás a Hermione?

DRACO MALFOY

Draco Malfoy hará lo que haga falta para conseguir lo que quiere. Y, a diferencia de Harry, ¡él sí quería que lo pusieran en Slytherin! En un dibujo puedes introducir detalles como una sonrisita de suficiencia para dejar entrever la personalidad de alguien. ¿Qué nos revelan los detalles de este dibujo acerca del gran rival de Harry en Hogwarts?

1 Dibuja las formas básicas y las líneas de guía de la cabeza y el cuerpo. Su cuerpo está orientado hacia una dirección diferente que la cabeza. Para que se vea más fácilmente, dibuja la columna vertebral más cerca de un lado del tronco.

2 Dibuja un óvalo para el hombro y luego unas líneas rectas para los brazos y las piernas. Añade triángulos para las manos y los pies y óvalos más pequeños para los codos y las rodillas. Fíjate en que sus piernas son más largas que el tronco.

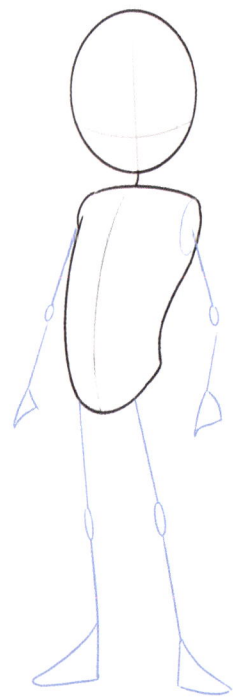

3 Dibuja el cuello de Draco y añade dos círculos para los ojos junto a la línea de guía horizontal. A continuación, esboza una aureola alrededor de la cabeza para el pelo.

4 Traza líneas rectas y curvas para dar forma a los brazos y las piernas alrededor de las líneas que has hecho en el segundo paso. Para las manos, dibuja los pulgares e índices en las puntas de los triángulos.

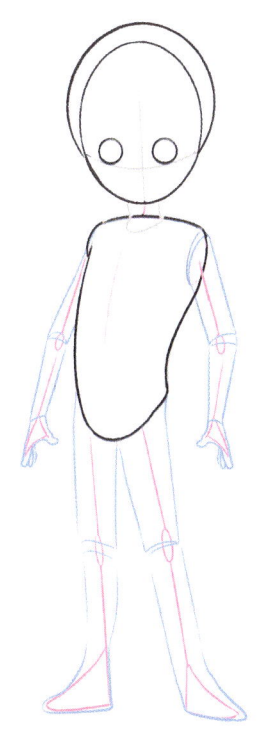

5 ¿Pasamos a la siguiente capa de la ilustración? Dibuja el contorno de los pantalones, los zapatos y la túnica. ¿Qué formas ves que podrían ayudarte?

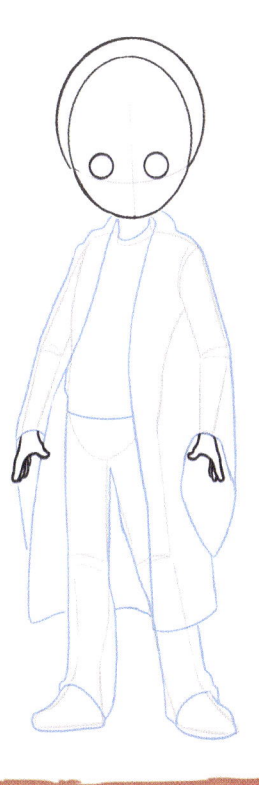

6 Dibuja dos medialunas para las orejas, que están un poco por debajo de los ojos. Ahora traza unas líneas curvas cortitas para enmarcarle la cara y dibujar el pelo, así parecerá que está peinado hacia atrás.

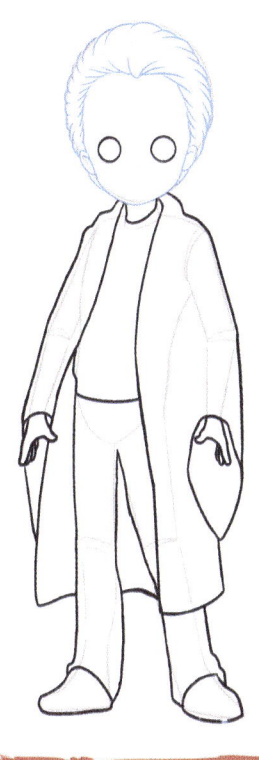

7 Para los ojos, sigue los consejos de la página 6. Los párpados son redondeados, pero tiene las cejas rectas y acabadas en punta, igual que la boca. Luego borra las líneas de guía que sobren.

8 Para terminar la cara, sombrea los ojos como se ve en el libro. Ahora añade los últimos detalles del pelo.

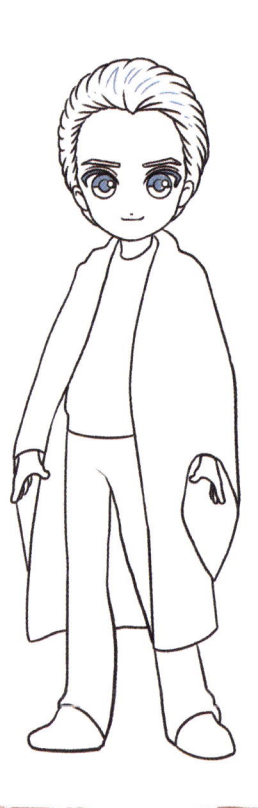

9 Termina los detalles de la ropa: usa líneas curvas en los pantalones y la túnica para que se vean holgados, algunas rayas para añadir textura al jersey, y unas V y líneas diagonales para el cuello de la camisa y la corbata.

10 Borra las líneas que sobren y los borrones y repasa el contorno final con un rotulador de punta fina negro. Por último, ¡pinta el jersey y la corbata del verde y el plateado de Slytherin!

LUNA LOVEGOOD

Cuando Harry conoce a Luna Lovegood en la quinta película, el chico se fija en su mirada soñadora y su imaginación infinita. ¡Y no tarda en descubrir que también es una amiga fantástica! De todo Hogwarts, es la alumna que más cree en lo imposible, ¡sobre todo si lo lee en *El Quisquilloso*! ¿Qué posibilidades ves en este dibujo de Luna? ¡Coge el lápiz y descúbrelo!

1 Dibuja un óvalo para la cabeza y un cuerpo rectangular que sea más delgado en el centro. Ahora traza una línea recta que recorra la cabeza y el tronco en vertical y una línea de guía curva para la cara.

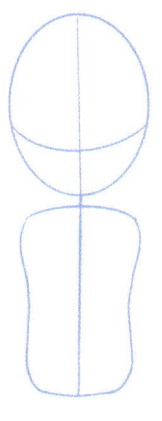

2 Traza unas líneas rectas para los brazos y las piernas y añade unos círculos para los codos, óvalos para las rodillas y diamantes para las manos. Uno de los pies es triangular y el otro tiene forma de lágrima porque está orientado hacia delante.

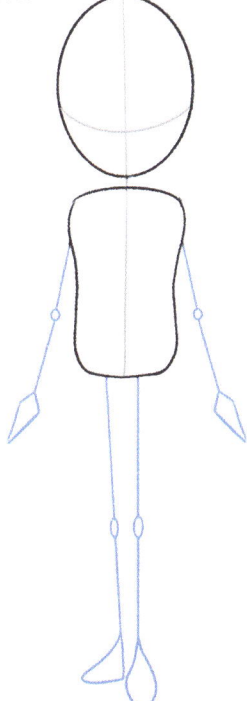

3 Ensancha el contorno de los brazos y las piernas. Fíjate en que son más anchos por arriba que por abajo. Luego dibuja las manos de Luna. Primero cálcalas en un papel aparte para practicar.

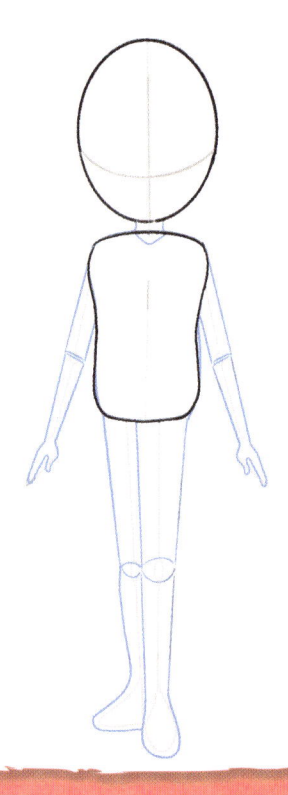

4 Traza un círculo para cada ojo junto a la línea de guía horizontal. Luego añade la forma de la melena usando líneas alargadas y onduladas. Observa que empieza bastante más arriba del óvalo de la cabeza.

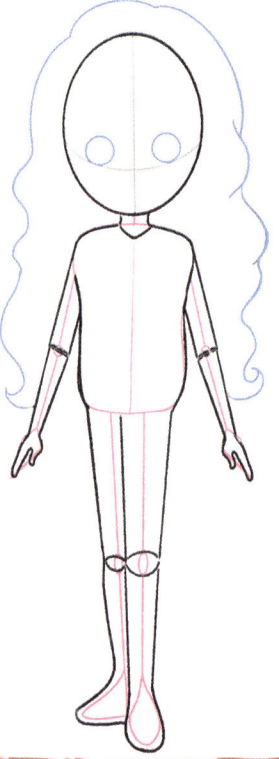

5 Para el flequillo, traza una especie de U al revés. ¿Ves que se solapa con las líneas de guía del primer paso? Ahora dibuja la túnica, el borde ondulado de la falda y una V muy marcada para el jersey.

6 Dibuja y sombrea un círculo en cada ojo dejando un reflejo blanco dentro. Dibuja unas medialunas para los párpados y añade las pestañas. Fíjate en que las cejas están muy arriba; eso le da una mirada soñadora. Borra las líneas rojas.

7 Dibuja unas pequeñas líneas curvas para las orejas y unos diamantes para los pendientes. Sombrea la mitad superior de los ojos y traza líneas onduladas alargadas para darle textura al pelo. Las líneas tienen que seguir el movimiento natural del pelo.

8 ¡Añade los últimos detalles! Traza unas rayas en las rodillas y unas líneas curvas para los pliegues de la túnica y los detalles de los zapatos. Usa líneas rectas para la falda y las rayas de la corbata, y una V al revés para el cuello de la camisa.

9 ¡A colorear! Luna tiene los ojos de color azul claro y el pelo rubio. ¿Por qué no la dibujas haciéndose amiga de una criatura mágica o mirando el mundo a través de las espectrogafas?

ALBUS DUMBLEDORE

En las películas, cuando Harry Potter tiene un problema o está encallado, suele pedirle consejo al profesor Dumbledore. ¿Tú también te has encallado en un dibujo? Cuélgalo en la pared, da un gran paso hacia atrás y obsérvalo desde lejos. ¡O gira el papel hacia abajo! A veces tienes que ver el dibujo desde otra perspectiva para entender qué hay que hacer a continuación.

1 Empieza con un círculo para la cabeza y divídelo en cuatro secciones iguales con dos líneas rectas que se crucen. Debajo de la cabeza dibuja una especie de pentágono. Conecta las dos formas con una línea corta.

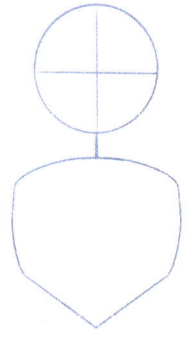

2 Traza dos líneas rectas desde la parte inferior del tronco hasta el punto donde irán los pies. Luego esboza las formas básicas de los brazos y las manos. Una mano es rectangular y la otra parece más bien una W.

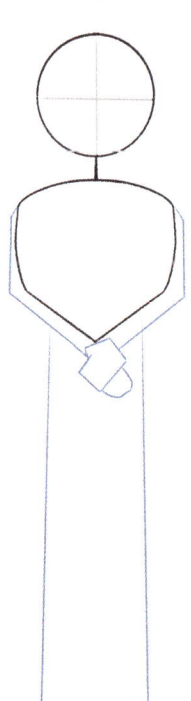

3 Esboza el contorno del cuerpo usando líneas rectas, onduladas y curvas. No te olvides del pelo, la barba y la túnica. Luego dibuja dos óvalos para los ojos en el centro de la línea de guía horizontal.

4 Añade más detalles: usa líneas un poco onduladas para el contorno de la cara, así se le marcarán las arrugas, y combina líneas curvas y rectas para que su ropa se vea más holgada.

5 Traza unas líneas curvas para terminar el sombrero. Luego aprovecha las líneas de guía para dibujar la cara: dibuja las cejas y los párpados en la mitad superior del círculo, y la boca, la nariz y las gafas en la mitad inferior. Borra las líneas que sobren.

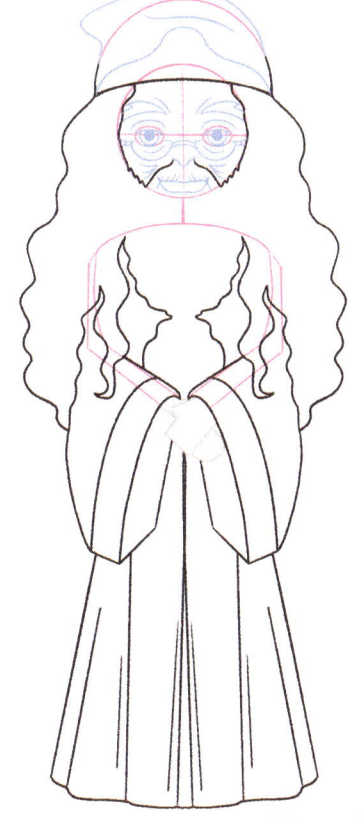

6 Dibuja los dedos usando varias U y líneas onduladas, y traza más líneas onduladas para los detalles de la barba. ¿Ves que tiene la barba recogida por encima de las manos?

7 Sombrea las cejas, la barba, el sombrero y la túnica, decora el sombrero con estrellas y luego colorea la ropa. ¿Qué consejo te imaginas que quiere darle a Harry Potter?

EL EXPRESO DE HOGWARTS

Este tren de vapor con detalles rojos lleva a los jóvenes magos y brujas —y sus baúles— desde el andén nueve y tres cuartos hasta el Colegio Hogwarts de Magia y Hechicería. El expreso de Hogwarts es muy rápido, pero en este dibujo tendrás que añadir los detalles poco a poco, sección a sección. Un consejo: si quieres que los círculos y las líneas curvas queden exactos, ¡prueba con un compás!

1 Empieza con un círculo y luego dibuja un rectángulo alargado y delgado debajo. Conecta las formas con dos líneas inclinadas.

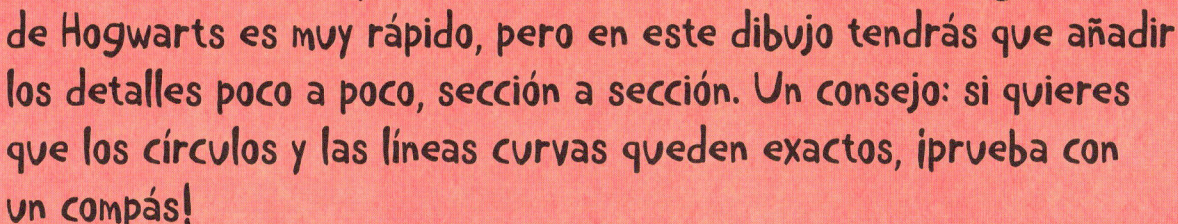

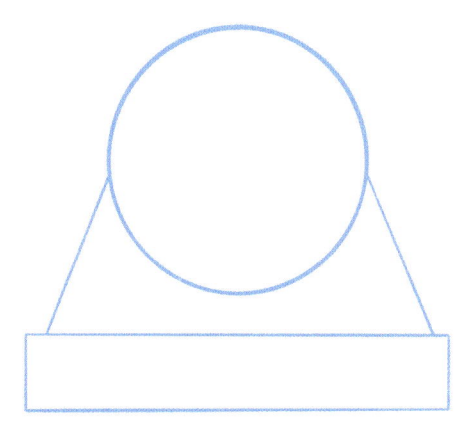

2 Continúa añadiendo las formas básicas: dos círculos más pequeños, uno mediano y un rectángulo más pequeño. Fíjate bien en el tamaño y la posición de todas las formas.

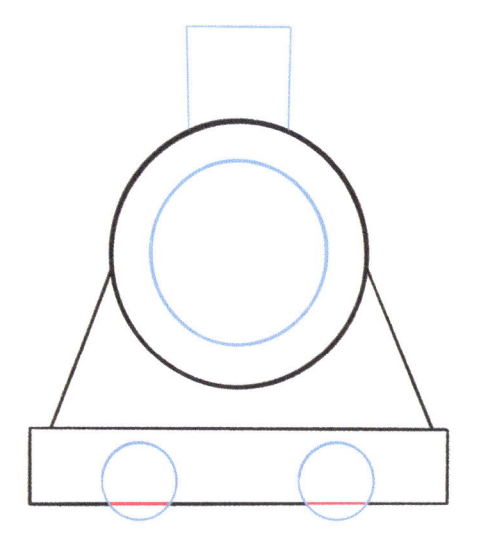

3 Dibuja un óvalo alargado y delgado debajo de cada uno de los círculos pequeños del segundo paso. Luego conéctalos con dos líneas horizontales.

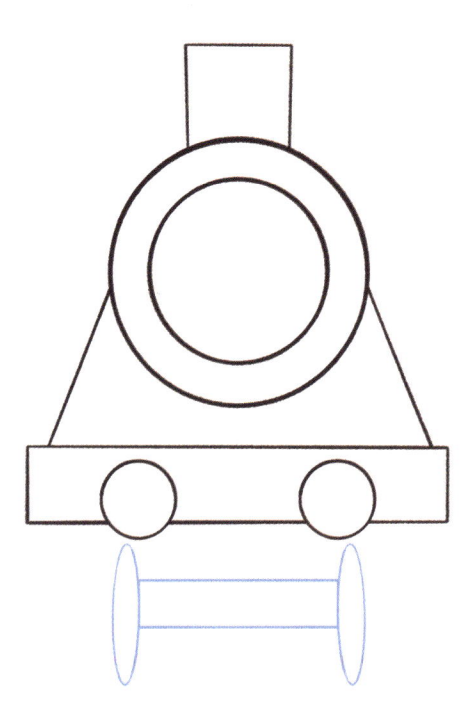

4 Usa líneas rectas y curvas para terminar los detalles de las ruedas. Para que las curvas te queden genial, sigue el borde exterior de los óvalos delgados del tercer paso.

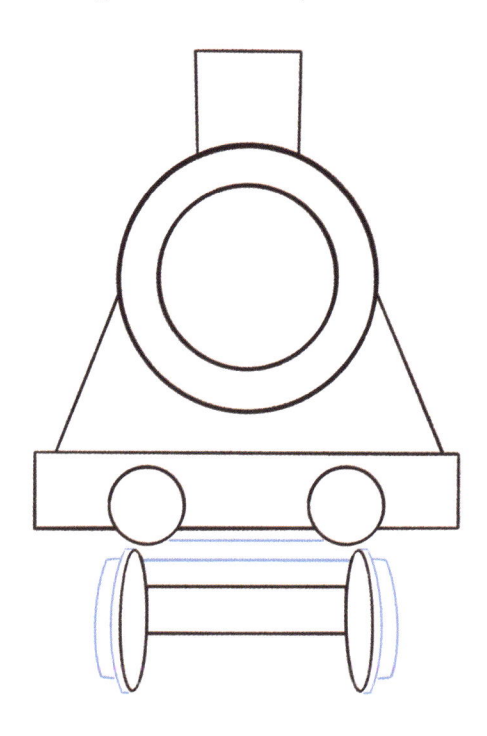

5 Traza unas líneas curvas alargadas para conectar la parte inferior del tren con las ruedas. Luego dibuja dos formas curvas arriba de todo del tren para crear la chimenea.

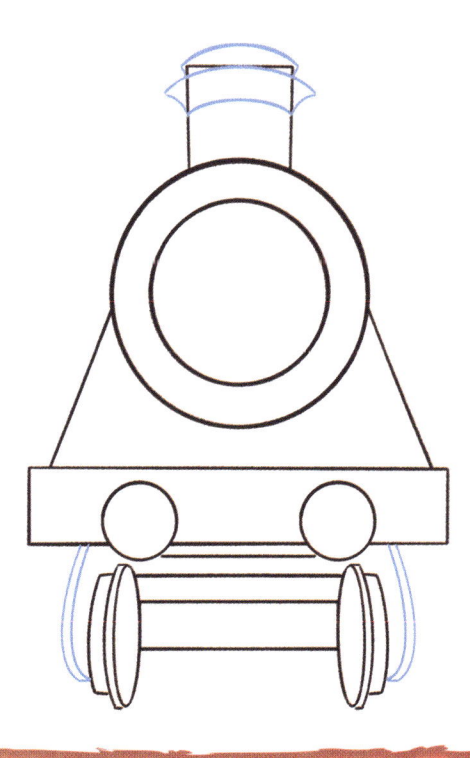

6 Empieza a añadir los detalles del tren. Para ello, combina líneas rectas y curvas y también formas simples, como círculos y rectángulos. ¿Cómo dibujarás los detalles de la chimenea?

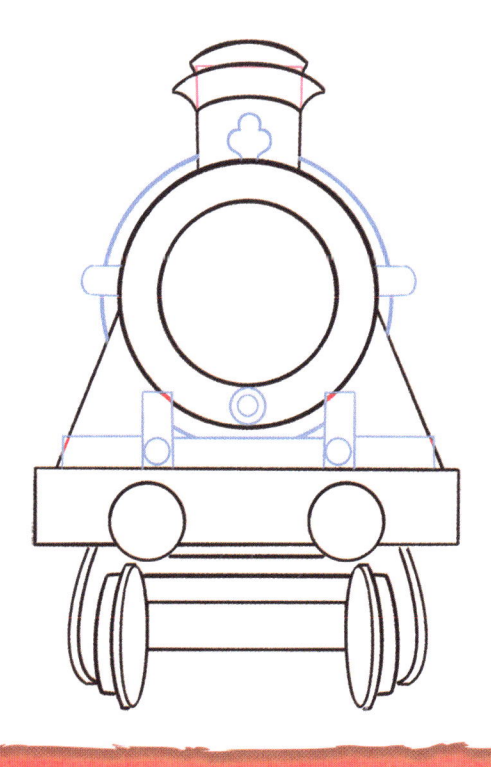

7 Dibuja dos rectángulos en la parte frontal del tren y una placa curvada encima. Luego añade algunos mecanismos alrededor de estas dos formas. Intenta visualizar círculos, cuadrados y arcos para poder simplificarlos.

8 Poco a poco, continúa añadiendo los detalles de la parte frontal del tren. ¿Cómo simplificarás todos los mecanismos en líneas y formas básicas?

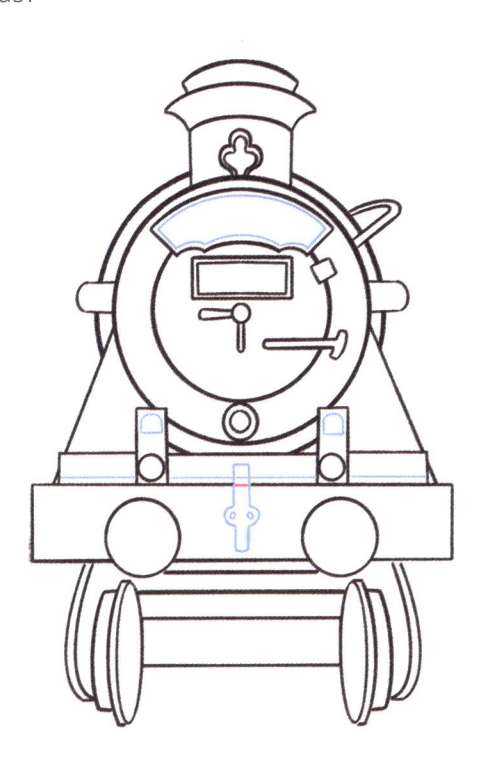

9 Escribe el número de matrícula y «Expreso de Hogwarts» en las placas de la parte frontal. A continuación, añade varios círculos por todo el tren, que serán los tornillos.

10 Los detalles del tren son rojos, pero ¿de qué color pintarás los mecanismos? Ahora que ya sabes dibujar el expreso de Hogwarts, ¡prueba a dibujarlo avanzando a toda velocidad hacia Hogwarts!

EL ESCUDO DE HOGWARTS

El escudo de Hogwarts tiene cuatro secciones, una para cada casa de la escuela: Gryffindor, Ravenclaw, Slytherin y Hufflepuff. Cuando sepas dibujar el escudo de cada casa, podrás combinarlos para hacer el escudo de Hogwarts. A lo largo del proceso usarás muchos cuadrados y líneas de guía para ayudarte.

1 Empieza con un cuadrado y divídelo en cuatro secciones. Las dos inferiores tendrían que ser un poquito más altas que las superiores.

2 Dibuja el contorno del escudo. Trabaja de cuadrado en cuadrado, y fíjate en cómo se conectan entre sí las líneas de los diferentes cuadrados.

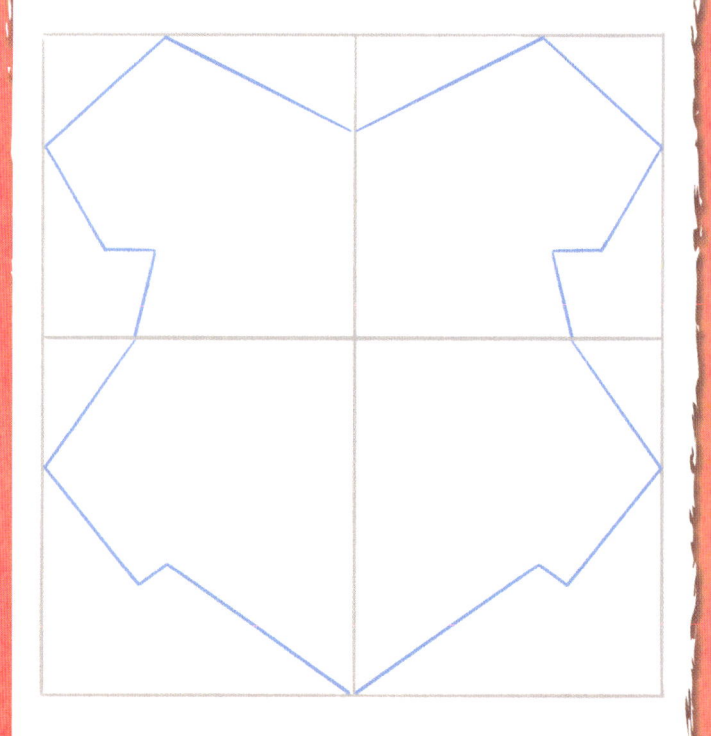

3 Sigue trabajando por cuadrados y dale forma al contorno del escudo. Usa líneas curvas y arcos para que las esquinas superiores se doblen hacia atrás.

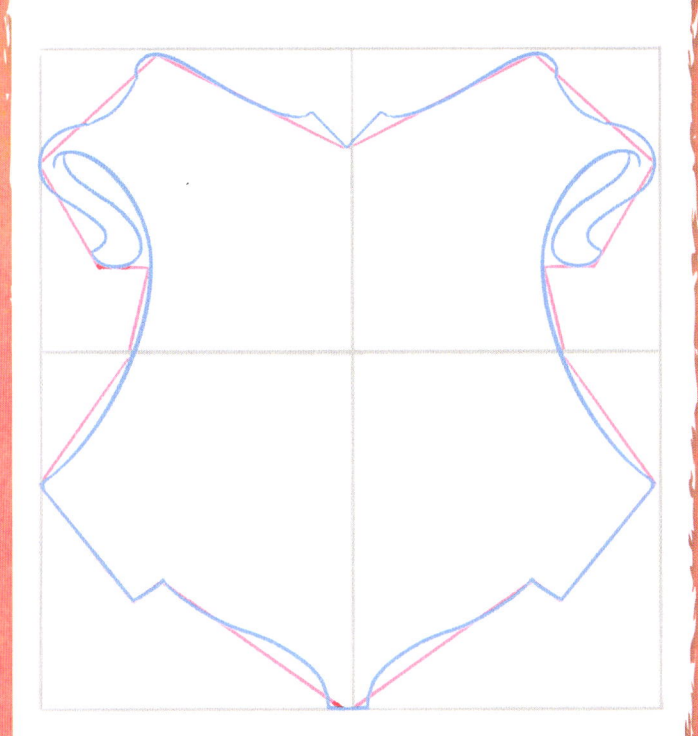

4 Para crear el borde ornamental, traza unas líneas que sigan el contorno en paralelo. No te olvides de seguir las líneas de guía del centro.

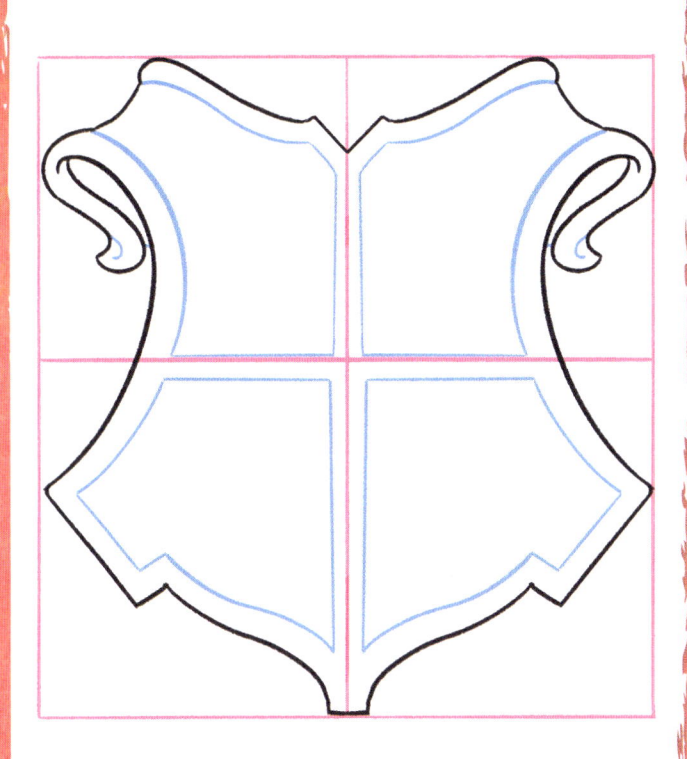

5 Dibuja el león de Gryffindor y la serpiente de Slytherin en las secciones superiores, y el tejón de Hufflepuff y el cuervo de Ravenclaw en las inferiores. ¡Vuelve a las páginas 55, 58, 60 y 62 para ver las instrucciones!

6 Dibuja un cuadrado en el centro del escudo y luego una cruz en medio. Serán las líneas de guía que te ayudarán a dibujar la H de Hogwarts.

87

7 Traza una línea curva en cada lateral del cuadrado y conéctalas mediante una línea recta corta en cada esquina.

8 Dibuja el contorno de una letra H en el centro del cuadrado y luego borra las líneas que sobren dentro del cuadrado (también la parte de los animales que has dibujado en el quinto paso).

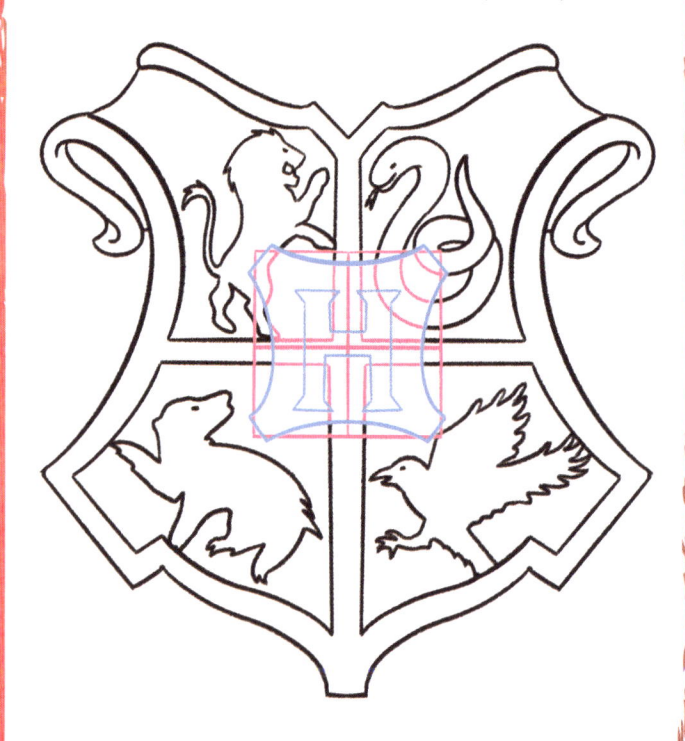

9 Traza algunas rayas y líneas curvas cortas dentro del borde del escudo y en la parte central para darle un aspecto elegante y brillante. Para ello, sigue las curvas del contorno.

10 ¡A colorear! Acuérdate de usar los colores de cada casa en las diferentes secciones. Ahora que ya sabes dibujar el escudo de Hogwarts, ¿y si lo dibujas en un póster y lo cuelgas en tu habitación?

EL CASTILLO DE HOGWARTS

En este castillo se encuentra el Colegio Hogwarts de Magia y Hechicería. ¡Es el lugar donde ocurre toda la magia! Desde el Gran Comedor hasta la torre de Astronomía, el colegio es famoso por enseñar magia, forjar amistades y esconder secretos. ¿Quieres saber un secreto sobre este dibujo? ¡Todos los edificios, torres y acueductos empiezan con un rectángulo!

1 Dibuja un rectángulo alargado y divídelo en tres secciones desiguales. La sección central debería ser la más pequeña.

2 Empieza a añadir rectángulos en cada sección para crear los edificios, las torres y las torrecillas. Concéntrate primero en una sección y luego pasa a la siguiente. ¿Qué observas del tamaño y la posición de cada rectángulo?

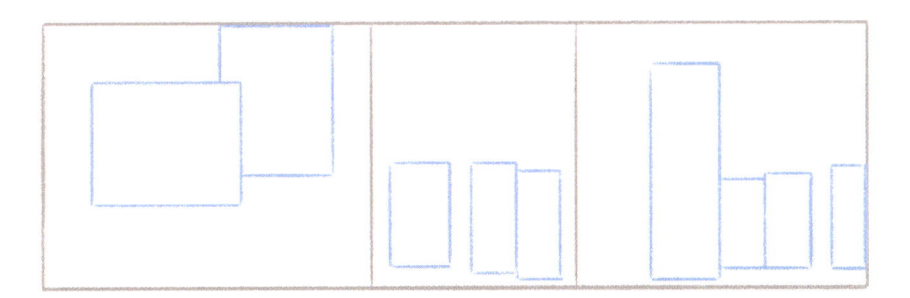

3 Dibuja más rectángulos alrededor de los anteriores. Algunos se solaparán un poco. Usa este dibujo para ayudarte a colocar las formas nuevas.

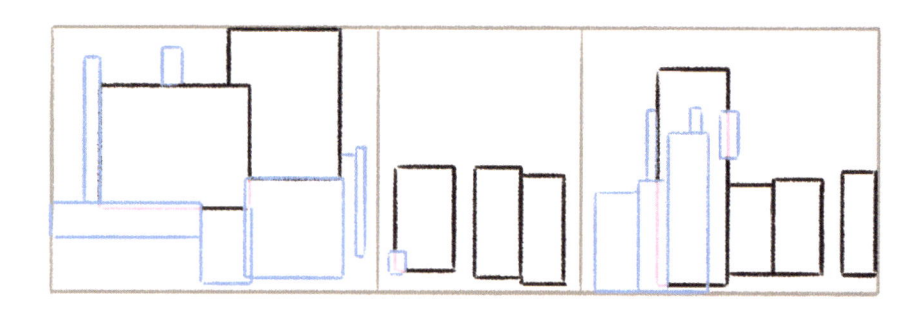

4 Traza varias V al revés para la punta de las torres. ¿No tienes claro qué rectángulos deberían ser torres? Si necesitas una pista, ¡échale un vistazo al dibujo final!

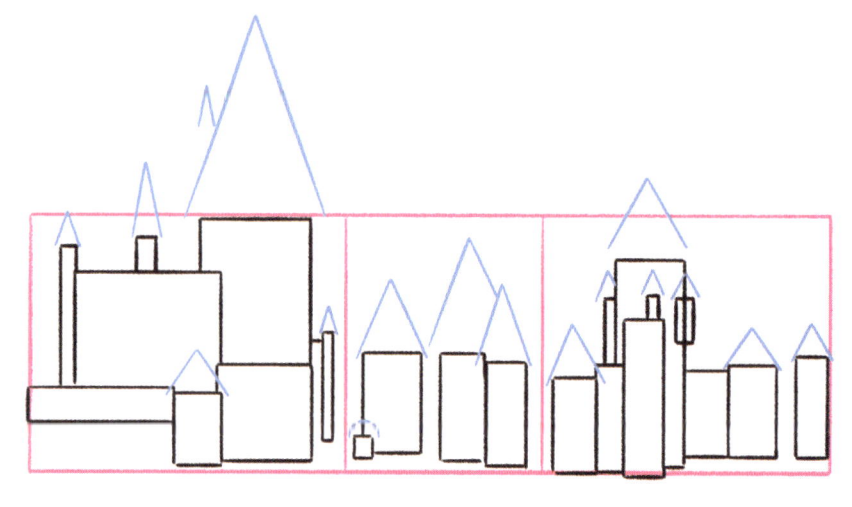

5 Traza una línea curva en la parte inferior de cada V y luego traza líneas inclinadas para el resto de los tejados. Borra las líneas que hay debajo de las torres y las marcas que ya no necesites.

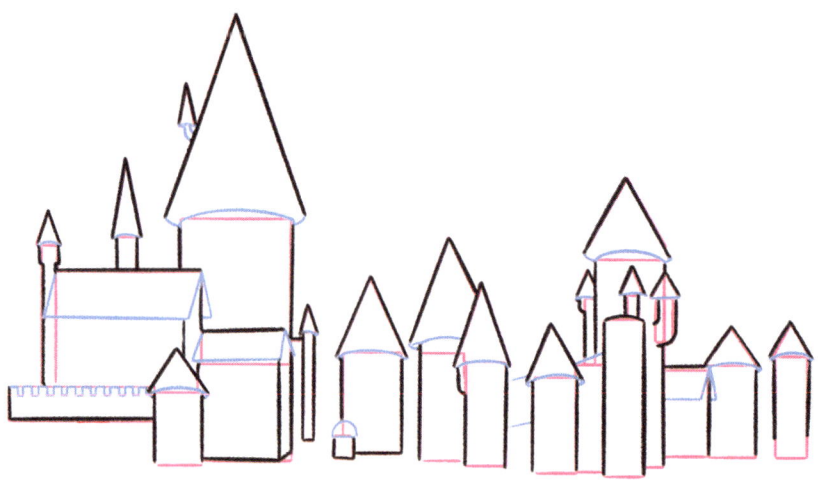

6 Traza varias líneas inclinadas debajo del castillo para esbozar los acantilados rocosos. Después, traza cuatro líneas rectas debajo de las torres centrales para el acueducto.

7 Vuelve a trazar las líneas de debajo del castillo para que parezcan rocosas y desiguales. Luego dibuja los arcos del acueducto y borra las líneas de guía que ya no necesites.

8 ¡Ahora toca dibujar los detalles del Gran Comedor, los tejados de las torres y el acueducto! Tendrás que usar muchas líneas rectas, arcos y óvalos. Añade una línea curva dentro de cada arco del acueducto para que parezca tridimensional.

9 Usa rectángulos y círculos para añadir ventanas al resto de los edificios y las torres. Fíjate en que las ventanas de los tejados de las torres se van haciendo más pequeñas a medida que suben.

10 Combina líneas desiguales, puntos y rayas para crear la textura rocosa de la montaña. La mayoría de las líneas miran hacia arriba, pero las formas de debajo del Gran Comedor miran hacia abajo.

11 Pule los contornos y borra las líneas que te hayan quedado mal y los borrones. Para que el castillo desprenda calidez, pinta las ventanas de amarillo y naranja. Y pinta las paredes oscuras al final de todo, ¡así evitarás dejar borrones!

EL AUTOBÚS NOCTÁMBULO

¡El autobús noctámbulo al que se sube Harry en la tercera película es famoso por su velocidad! Dibujarlo no será tan rápido como el trayecto de Harry hasta el callejón Diagon, pero para ir preparándote puedes calcar este autobús y dibujar un montón de cajas en un papel aparte antes de empezar. ¡En los dos primeros pasos aprenderás a hacerlas!

1 Dibuja un rectángulo alargado. A la izquierda, dibuja otro más grande, y asegúrate de que el borde superior e inferior estén inclinados como en el dibujo.

2 Traza una línea recta para unir la esquina superior derecha de las dos formas. Luego repítelo con las otras tres esquinas. ¡Las líneas se solaparán en algunos puntos!

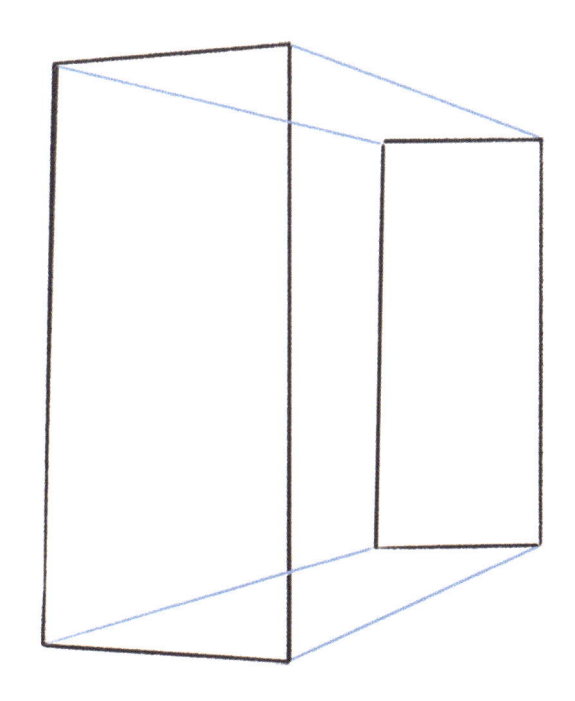

3 Redondea el contorno de la caja para que se parezca más a un autobús de tres plantas y deja dos aperturas en forma de medialuna en la parte inferior para las ruedas.

4 Esboza dos óvalos y una medialuna para las tres ruedas (la cuarta queda tapada). A continuación, dibuja una forma rectangular en la parte frontal. ¿Ves que es más ancha por arriba?

5 Dibuja un óvalo más pequeño dentro de cada rueda y luego usa líneas curvas para que parezcan tridimensionales. Ahora añade los detalles de la rejilla y una plataforma en la parte trasera del autobús.

6 Traza una línea horizontal corta en la parte frontal y otra más alargada en el lateral (tendrían que ser paralelas a los bordes inferiores de la caja del segundo paso). Luego traza una línea vertical discontinua en el punto donde se unen las dos líneas horizontales.

7 Traza tres líneas verticales en la parte frontal, paralelas a las líneas de la caja del segundo paso. Fíjate en la longitud y la ubicación. Conéctalas por arriba y abajo con unas líneas inclinadas.

8 Traza unos rectángulos para esbozar las ventanas. Para que te queden bien los ángulos, no pierdas de vista las líneas de guía del segundo paso.

9 Partiendo de los rectángulos del paso anterior, traza unas líneas verticales para dibujar las ventanas individuales y redondea las esquinas. Luego borra la caja que has hecho en los dos primeros pasos.

10 Ahora fíjate en los detalles. ¿Qué líneas y formas básicas ves? ¿Qué estrategias puedes aplicar para dibujar las curvas del capó en los ángulos correctos?

95

11 Escribe las palabras «Autobús Noctámbulo» en la parte frontal del vehículo y luego usa líneas rectas para añadir los últimos detalles. Fíjate en que las líneas del lateral se van acercando más entre sí a medida que se alejan.

12 ¿Ya lo tienes todo a punto para pintarlo y enviarlo a vivir aventuras mágicas? ¿Quién se subirá a este autobús de color violeta? ¿Adónde se dirige? ¿Qué aventuras le esperan?